序章
的定義

安全地點這個概念，並不單指生命受到保障，這只是安全的最基本條件而已。除了生命受到保障外，還要包含一個可以安心休息、不用擔心受到襲擊的地方，完整而穩定的食物來源，並且能夠讓精神放鬆，這才是一個能被稱為安全地點的條件。

當然，現代社會中，不是生活在特別混亂的區域，以上的條件都不難達成；其中唯有能讓精神放鬆這點得看一些運氣，因為除了本身挑選住處時的周邊環境，還有就是鄰居的問題。

其實絕大部分的鄰居都是好鄰居，可是以現代社會的擁擠，只要有一個壞鄰居，就會影響好幾戶，甚至是十幾戶人家，而這個可是沒辦法在事前做出預測的。

不過，跟以前的時代比起來，安全已經是前所未有的容易了，各種人為的、自然的災害都有相關的應對手段，能想像到的、不能想像到的，全都可以找到對應的機構單位去處理。

當然，這並不表示安全會那麼公平的降臨在所有人頭上，起碼就葛東所知，艾莉恩現在所居住的那個老舊住宅就絕對稱不上安全。

雖然當時只是待了一小會兒，但那棟老舊房屋所散發出來的腐朽氣息卻彷彿滲入了記憶中，葛東好多次在睡醒之後，都以為自己還在那個房間裡頭，被陰暗潮濕的空氣所環繞。

即使是這樣的房子，只要住久了也會產生安全感，至少內心裡會覺得這裡是安全的，假如遇到什麼不順心的事情，回到家裡也能放鬆下來。

原本，能被稱為家的地方就應該要有這樣的功能才對。

第一章
艾莉恩的身分
曝光危機？

放寒假了。

雖然是屬於學生的兩大長假之一，但比起暑假，寒假顯得相當短暫，不但只有一個月，還是在最短的二月，並且包含著春節。

雖然寒假和春節都是放假，整合到一起好像很有效率的樣子，可是對能夠放假的學生來說，這樣就像是禮拜天的颱風假、彈性放假之後的補班補課，儘管感情上都知道這是應該的、沒有辦法的事情，但就是會覺得吃虧了。

寒假之前還有個期末考，不過葛東輕鬆以對，經過那次強制性的學習經驗之後，他比較能從容應付這些課業上的東西；再說還有艾莉恩的輔助，加上沒有背負壓力，成績反而變得更加良好，換來了葛媽的稱讚以及零用錢。

進入寒假以後，葛東和艾莉恩打工的班表也隨之變化，在寒假的這段日子，他們是做四休三，也就是連續四天的全天班，然後接著三天休息這種模式，這讓葛東的寒假硬生生少了一半多。

雖然深感可惜，但這是自己的選擇，而且打工得來的金錢化為存摺中的數字，對於不為生活所苦的學生來說，那是一筆相當大的金額，在這個階段會想要的商品，應該什麼都可以買得下來了吧？

可是，葛東並沒有特別想要的東西……不，應該說，那些原本想要的東西，在拿到存摺之後突然又變得不想要了。

「難道我還有鐵公雞屬性嗎？」

葛東察覺到這樣的變化，不由得苦笑著發出自嘲。

該怎麼說呢？

開始打工之後，想法跟著變了，本來葛東最想要的是一臺屬於自己的電腦，但是現在打工這麼忙，學校也這麼忙的情況下，不會有多少時間來使用；再說買了電腦之後，葛東能想到的也只有玩遊戲跟上網這種大量消耗時間的用法，如此一想，就覺得似乎也不用急著買。

至於手機、衣服、鞋子等等的配件，葛東一時也沒有想要那些東西，結果看著存摺中的金額，他竟然想不到能花在什麼地方上。

今天是不用打工也不用跟艾莉恩補習的日子，葛東打算好好的懶散度過，於是他也就實行了，直到吃過晚飯，就癱坐在客廳裡看著電視……

也不能說是在看電視吧，視線雖然朝著那個方向沒錯，但實際上沒有聚焦，葛東就只是坐在那邊發呆而已，電視的聲音對他來說就像是遠方有人在說話，雖然他聽得到，但是並沒有去注意內容。

這種精神分散的狀況有點像是位於半夢半醒之間，放鬆的同時還帶著一些朦朧，如果沒有其他事情，葛東覺得自己可以就這麼坐到睡著。

畢竟，太疲倦了。上個學期發生的事情很多不說，最主要的還是時間被壓榨了，禮拜一到六都要打工，回到家也差不多是準備洗澡睡覺的時間。而禮拜天則是要跟艾莉恩去圖書館補習功課，雖然不是體力活卻相當消耗精力，因為艾莉恩可不會給他太多鬆懈的機會。

認真對一件事情投入專注到忘記時間的程度，然後從專注的情況下解脫出來，會有一陣突來的倦意，這就是精力消耗的證據。

而葛東上學期幾乎每天回到家後就被這樣的倦怠感包圍，所以當寒假能有這樣難得慵懶度過的日子，確實是讓葛東身心都放鬆了。

然而，這樣的鬆懈也只維持到門鈴響起來為止。

※　※◆※　※

被按響的不是樓下大門的門鈴，而是葛東家門口的門鈴，因為一開門就會直接見到來訪者，於是葛東先是低頭看了一下自己的穿著。

拜冬天之賜，他身上是厚實的長褲與長袖衣物，儘管是顯得土氣、不會想穿出門去的樣式，不過作為在自己家裡穿的衣著，來訪的客人應該不會太過苛刻對待的。

抱著這樣的想法，葛東打開自己家的大門，然後發現外頭按門鈴的是認識的人。

首先見到的是那頭清爽俐落的短髮，雖然冬天的衣物比較厚重，但也能看出對方纖細嬌小的身子，揹著與體型不甚相符的巨大背包……但是，印象中那雙總是神采奕奕的雙眼，現在看起來似乎顯得有些黯淡。

是因為光線的問題嗎？

葛東隨手打開鐵門，放這個國中女孩進來，接著順口問道：「陽晴，妳怎麼這時間過來？」

「啊哈哈，有點事情……」

陽晴一邊乾巴巴的笑著，一邊鑽過了門縫。

「妳先坐一下，我去叫……喔，已經出來了。」

葛東理所當然的以為她是來找妹妹的。而葛茜也對這個時間來訪的客人感到好奇，探出她的團子頭來觀察，發現是陽晴的時候就跨出了房門。

「怎麼了嗎？這個時間突然過來……」

葛茜做出了跟葛東一樣的判斷，發出的招呼語也十分相似。

「啊，這個……」陽晴看著葛茜露出些許苦惱的表情，猶豫著措辭說道：「其實我是來……找葛東學長談一些事情的。」

好吧，陽晴經過思考之後的說詞依然很直接。

葛茜露出吃驚的模樣，問道：「來找他？在這個時間？」

「嗯，是一開始拜託妳的事情……」陽晴擔心她誤會，又多解釋了一句。

「那樣啊……那你們慢慢聊～」

果然，葛茜一下子就失去興趣，丟下這麼一句話就躲回了房間。

葛茜還記得那時的景象，她對超自然的東西不感興趣，偏偏陽晴是個超自然狂熱者，一旦說起那方面的事情來就沒完沒了，葛茜已經當過許多次聽眾，實在不想介入那樣的場面。

而且最早的時候，陽晴也是為了超自然的事情，才拜託葛茜介紹他們認識的。

葛東當然也記得，因為陽晴可是在第一次見面的時候，就冒出艾莉恩並非人類這種大爆點，雖然立刻被妹妹打斷話，不過葛東卻放在了心上。

想到這裡，葛東便說道：「去我的房間說吧，飲料的話……」

「飲料我自己有準備！」

陽晴不等葛東說完，拉過大背包從裡頭掏出了一個寶特瓶來。

「那就這樣吧。」

葛東也不勉強，帶著陽晴就進到了自己房間裡頭。

「這就是葛東學長的房間啊！」

陽晴發出好像看到什麼厲害東西似的驚呼。

葛東的房間說不上一塵不染，但也不顯得髒亂，然而還是有些隨手亂放的東西，總體印象並不整齊，大概就是這種程度的房間。

陽晴一進來很自然的就坐到床上，使得葛東只能選擇書桌前、也是這個房間中唯一的椅子。

看著打量周圍的陽晴，葛東忽然發現，這是他初次讓親人以外的女性進到房間。

應該要為此感到心跳加速嗎？

光是感到這個疑問的瞬間，就已經代表葛東不會有那樣的反應了。

「所以是什麼事情呢？」葛東大致上有了一些猜測，但是他不想表現得太敏銳，於是便裝傻著問道。

「那個、我之前在學校……拍到了這個。」

陽晴拿出數位相機，就是她一直帶在身上的那臺，按了幾下將照片顯示出來，然後舉到葛東眼前給他看。

因為陽晴並沒有把相機交出來，只是這麼舉著，害得葛東很不容易看，可是陽晴又好像在顧慮什麼一樣不肯把相機給他，調整了半天姿勢都看不清楚，最後葛東無奈之下選擇坐到床上與陽晴並肩。

陽晴過去總是在糾纏艾莉恩，跟葛東湊到這麼近還是第一次。

平常的陽晴有活力得幾乎會讓人忘記她的性別，但是像這樣靜靜的坐下來，感受著從她身上散發出來的沐浴乳香氣，就會產生一種「她是女孩子啊！」的念頭。好在這個時候是冬天，兩人都穿著長袖的衣物，並沒有過多的身體接觸，否則葛東恐怕會有幾分尷尬。

葛東甩了甩頭，將那些雜念全部排出腦外，從而專注在陽晴的操作上。藉著兩人拉近的距離，葛東終於看清楚她拍到的東西。

是FR—03。

說起來，葛東並不知道當天在地面上是一個怎樣的狀況，他被抓進地下之後就很被動的等著救援，後來從艾莉恩那裡簡略的聽說了一下經過。這位受到全班同學信賴尊敬的班長並不是慣於自吹自擂的性格，所以葛東儘管知道有葛茜和陽晴在場，卻不清楚當時的情況危急程度。

而陽晴的相機中，顯示的正是一張艾莉恩撲向FR—03的照片。

照片中，艾莉恩與FR—03的體型對比十分懸殊，加上陽晴抓拍的時機和角度相當恰巧，因此使得照片反而失去了幾分真實性，變成好像電影劇照或是特效CG一樣的東西。

「這是……」

葛東知道是怎麼回事，但是他得裝成不知道，而且陽晴並不清楚當時的事件跟他有

關，如果可以隱瞞的話還是隱瞞比較好。

「是在體育館後面拍到的！」

陽晴說起這個又變得興奮起來，講話的速度都快了幾分，一下子就把葛茜找她去學校的前因後果都抖了出來。

葛東這才知道當時她們也出現在那邊的理由，他帶著意外的語氣反問道：「葛茜找妳去學校找超自然的東西？」

在葛東的印象中，妹妹並不是對超自然現象熱衷的孩子，過去的行為也很好的做出了證明，如果說是陽晴找她去那還可以理解，但為什麼會是由妹妹這邊主動……

「是啊，結果真的就出來那樣的東西，葛茜好厲害呢！」

陽晴說到興奮處，轉頭似乎想向某個人搭話似的，接著她欣喜的表情就這麼凍結在臉上。

不久之前才不感興趣離開的葛茜……想起這點，陽晴就失去繼續聊天的念頭，話題重新回到她特地過來的主因，手指按了幾下相機，說道：「還有這張……」

陽晴特地讓葛東看的，是ＦＲ—０３正對著鏡頭衝來，而艾莉恩從一旁撲上去的照片，雖然只是照片，但葛東可以從中感受到當時的危急……

「嗯？」

忽然之間，葛東注意到照片上的突兀點。

不，雖然說出現機器人這種事情本身就很突兀了，但是特地被陽晴挑出來的理由可不是因為機器人，而是艾莉恩。

「葛東學長，我找到艾莉恩學姐不是人類的證據了！」陽晴抬起頭來，滿心歡喜的宣布著。

陽晴所指出的證據就是這張照片，固然第一眼看到照片的人都會被機器人衝過來的姿態所吸引，不過作為已經見識過機器人的傢伙，葛東注意到了同樣也是照片主角的艾莉恩。

照片的角度是從側面將艾莉恩全身入鏡了，只見她像是捕食的獵豹一般撲向ＦＲ—０３，一頭黑髮被風捲得狂野翻飛，輪廓因為速度而顯得有些模糊，但這無法掩蓋她的

異樣。

艾莉恩的腳並不是正常人類應有的型態，很明顯可以看到她的關節反折，小腿像是鳥類那樣往前彎曲，在習慣了機器人所帶來的衝擊之後，艾莉恩的腳反而成為整張照片最令人不適應的部分。

人類看到人體呈現不自然的狀態，會本能的感到不安或恐懼，或是前往救助以挽救生命，或是遠遠避開以免遭到傳染，或是引以為戒作為保全自身，這是一種對同類的移情作用，也是動物生存下去的本能。

不過擺在葛東面前的，並不是思考人類生存本能這麼高等的問題，而是艾莉恩被人拍到異常的照片這件事。

「這是……」

葛東決定先裝傻，聽聽看陽晴有什麼想法再說。

「就是我一直說的，艾莉恩學姐並非人類的這件事！」

陽晴似乎是想表現出以往的氣勢，但她的情緒卻無法支撐出那種感覺，於是這句話顯得乾巴巴的。

葛東在這邊很想裝成一副被照片震驚的樣子，實際上他也裝得不錯，但理由卻是因為艾莉恩終於曝光了，而且還是曝光給陽晴這孩子！

一時之間，葛東冒出直接將她相機奪走的念頭，不過葛東認真思考一會兒之後還是放棄了。他又做不出來殺人滅口這種事，光是在這裡奪走相機沒有意義，只是平白失去陽晴的信任。

「對了對了，除了艾莉恩學姐的那張照片，還有另外一件事情！」陽晴情緒轉換得很快，一下子又想起來別的事情道：「照片怎麼也傳不上去！」

雖然可以不用討論艾莉恩的真實身分讓葛東鬆了一口氣，但話題跳得太快，葛東愣了好一會兒才會意過來，陽晴說的大概是上傳到網路什麼的。

「照片傳不上去？」

葛東腦中立刻浮現Ｊ部這個名字，在ＦＲ—０３於街上狂奔之後網路上不見任何消息，肯定是她們做了些什麼。

「嗯，上傳的照片一直顯示不出來，說是找不到位置，明明都說上傳成功了……」陽晴抱怨不休，還把自己準備貼出來的照片展示給葛東看。

陽晴一口氣拍了很多照片，被她精心挑選出來的自然是角度最好、清晰度也最為優異的幾張，可以想像要是放到網路上，立刻就會引起非常大量的討論。

「等一下，先等一下……」葛東喊停，除了陽晴話題轉換太快以外，也有他需要整理一下過多情報量的因素。

陽晴所說的每一件事，葛東幾乎都能找到相關的記憶，而陽晴話說得很快，葛東腦中一下子被冒出來的情報填滿。

葛東掩著腦袋的姿態讓陽晴誤會了什麼，她收斂起興高采烈的態度，不好意思的說道：「抱歉，葛東學長突然看到這個，想必已經很混亂了吧，我還這麼一直說個不停……」

雖然並不是因為陽晴所說的那樣，但既然她這麼誤會了，葛東也就順勢承認下來，藉此得到思考的空間。

那麼首先要考慮的最大的問題果然是被拍到照片，以及陽晴打算把照片公開出來的這件事。

幸虧J部準備的防備手段起到了作用，這也說明當初她們為什麼敢放任機器人上街亂跑，已經有這種能夠識別照片並且過濾的技術了嗎……

「雖然妳拍到了照片……」葛東整理過思緒以後，緩緩開口說道：「我跟她同班一年多，後來又變得比較熟識……所以，就算突然跟我說艾莉恩她不是人類，就算把證據拿到面前，我的印象中依然是從前的艾莉恩分量比較重……」

陽晴默默的聽著，思考應該怎麼回話才好。

可是很遺憾的，她也不擅長安慰別人，特別是年紀比自己還大的男生，她更是不知道該用怎樣的方式比較好。

考慮的結果，陽晴決定延後討論這件事，也就是把艾莉恩的事情放到一邊，轉而提起道：「除了艾莉恩學姐的照片以外，其他的照片也都無法上傳到網路去……」

「其他的照片是……啊，只有拍到機器人的那些嗎？」

葛東也對剛才的沉默不知如何收場才好，於是藉著陽晴再次拋出來的話題就這麼下坡了。

既然說到電腦的話題，那麼比起在這邊口頭說明，不如實際操作更能讓人明白；而葛東的房間裡沒有電腦，要用電腦的話得去使用客廳那臺公用電腦才行。

來到客廳，讓陽晴坐在電腦前，葛東則像是要指導似的站在她背後。

雖然看起來像這樣，但葛東的電腦操作能力是比不上陽晴的，陽晴使用電腦的頻率比葛東高，而他卻只會些簡單的操作，要說葛東能在什麼地方給出建議的話，大概只有他手中掌握的情報了吧。

如此一來，葛東等於握有最後的真相，他只要在陽晴操作電腦的過程中看到任何一些線索，就能假裝高明的把結論「推理」出來。

對於不知情的人而言，能像這樣用極少的線索就推理出許多東西的葛東，應該是很值得仰望的，他希望這份仰望能夠稍微束縛一下陽晴，讓她不要那麼全心全意的想要把照片曝光……

「葛東學長，就像這樣！」

陽晴很快就把結果呈現出來，而葛東也裝模作樣的望向螢幕。

第二章
葛東的哥哥屬性100%？

只見陽晴所更新的網誌上，照片的部分顯示連結取得失敗的訊息。

「不行嗎？」葛東內心暗自欽佩了J部一番，嘴巴上卻不洩漏風聲。

「這裡也不行，難道這是什麼神秘組織的秘密，因為不想曝光的關係所以一直在妨礙我嗎！」陽晴十分沮喪的掩住了臉，從指縫間飄出這股中二氣息十足的發言。

「呃……」葛東訝異的望向陽晴。

「啊，葛東學長我只是……突然冒出這樣的想法而已，並不是認真的……」陽晴回過頭來一吐舌頭，露出失言被發現的賣萌表情，但或許她不習慣這麼做，臉蛋上明顯紅了一大片。

她不知道自己隨口一說，竟然命中真相，葛東的反應也是源自於此。

「如果只發文字情報呢？」就在陽晴害羞的時候，葛東突然說了這麼一句。

「只發文字的話會被噓爆的……」陽晴有些為難的回答道。

陽晴這個超自然網誌經營了不短的時間，雖然人數並不是很多，但也稍微有幾個長期關注的網友，以往就算是搜索不到東西，也會配上幾張照片證明真的去找過，難得這

次真的有東西出現，卻要發一篇沒圖沒真相的文章嗎？

「妳可以先不要公開，總之發上去看看。」葛東慫恿著陽晴，讓她為自己的某個猜想做驗證。

「好吧……」

陽晴人在屋簷下，不甘不願的敲起鍵盤，速度相當快，沒幾分鐘一篇數百字的遭遇報告就這麼完成，而且文筆相當不錯！

因為只是文字，也不用其他操作，陽晴只是按下了確認發布的按鍵，然後就轉回到網誌的頁面，打算給葛東看一眼就立刻刪掉。

「咦？」

然而，刷新頁面的結果讓陽晴感到意外，因為剛才寫成的那篇網誌並沒有出現。

陽晴匆忙回到網誌後臺，結果發現她數分鐘之前完成的那篇網誌消失了，既沒有發送失敗的提示，也沒有刪除文章的紀錄，就像是從未寫過一般。

「葛東學長……」

陽晴求助似的望向葛東，她現在有些恐慌了，甚至都開始懷疑起自己剛剛是不是真的有寫出那一篇網誌來。

或許是因為有葛茜的關係，葛東對這個年齡段的女孩子特別沒轍，當他見到陽晴用著小動物一般的眼神望來，立刻就心軟了，他連忙安慰道：「不用那麼擔心，我就是為了這個才叫妳試試看的。」

「葛東學長有什麼頭緒？」陽晴聞言表情立刻明亮起來，剛才那可憐兮兮的模樣拋到天邊的角落去了。

「只不過是一點猜測而已。」葛東既然敢讓陽晴這麼做，當然也想好了說詞，於是張口便道：「看照片的樣子，當時的動靜一定鬧得很大吧？可是我這幾天卻沒有看到相關的報導。雖然妳覺得沒圖沒真相不好發文，不過也有那種沒想什麼就說自己看到機器人的傢伙吧？」

「有的有的，他們才不管什麼證據呢，只要看到一點風吹草動就隨意發表，害得其他認真尋找證據的人都不被信任了！」

陽晴忿忿的揮舞著小拳頭，對提到的那種人非常不悅。

「就是這樣，像這種程度的文章我也是一篇都沒有看到。」葛東做出一臉高深莫測的表情。

陽晴完全被他表現出來的睿智模樣欺騙，忽略了葛東對這件事似乎知之甚詳的破綻，又或者她根本沒有懷疑葛東的念頭，這讓葛東準備好的後續說詞全都派不上用場。

對於陽晴信任度這麼高的理由，葛東也不太清楚為什麼，難道就只是因為他當初好好的讓陽晴把話說完而已嗎？

「所以，真的有什麼組織在妨礙我嗎？」

陽晴眼睛瞪得又圓又大，她本來只是隨口那麼一說，怎麼到了葛東這裡就好像真有其事似的！

「我也只是猜測，不過可能性並不低，畢竟是能做出那種東西的集團。也許在想辦法把照片貼出來之前，我們得做一些調查。」葛東很壞心的嚇唬著陽晴，要是她能因此放棄就最好不過了。

「唔……要從哪裡開始調查？」陽晴露出思考的模樣，但卻沒有多少緊張的神色，反倒是顯得有些興奮。

「既然是在學校拍到的，那就先從學校開始吧。」葛東的算計遭受小小的挫折，不過他沒有天真到以為光靠這樣的說詞就能讓陽晴放棄，接著說道：「現在正好是寒假，我可以陪妳一起調查，不過要等我沒有打工的時候才行。」

這倒也不是應付，現在J部在體育館後頭的那個出入口已經沒有了，不過她們的基地就在學校底下依然沒有改變，如果跟陽晴在校內打發時間的時候，不小心找到J部基地的出入口也是個不錯的驚喜。

「好！」陽晴滿心歡喜的答應下來。

事情說到這邊，時間已經相當晚了，本來葛東開始發呆的時間就在晚飯之後，讓陽晴又是說明又是操作電腦更是花費了許久，不知不覺已經快要十一點了，這還是葛茜過來提醒他們，兩人才注意到時間的問題。

「這麼晚了啊……」葛東沒有意識到時間，轉頭向陽晴問道：「家人會不會因此責怪妳?」

「不會啦,他們都不管我們的,我家是採取放任主義的喔!」陽晴顯得毫不擔心。

既然作為當事人的她都這麼說了,葛東也就不再繼續提問,而是默默穿起了襪子。

見到他的舉動,陽晴十分不解的問道:「葛東學長這麼晚了還要出門嗎?」

「沒辦法呀,總不能讓妳在這種時間獨自上街,雖然這附近治安不錯,但女孩子小心一點比較好喔。」葛東拿起外套,拍了拍口袋確認自己有帶手機。

陽晴彷彿受到了心靈衝擊似的,圓溜溜的眼睛盯著葛東好一會兒,然後才大聲喊道:「葛東學長好像哥哥一樣!」

說著,陽晴不由自主的從電腦椅上起身,抓著葛東的手跳起了奇怪的舞。

「不是好像,我本身就是一位哥哥。」葛東無法理解她的興奮點,身子卻被帶得跟著搖擺起來。

「……所以你們可以住手嗎?」葛茜不知為何按住了額頭,似乎相當頭疼的樣子。

「啊哈哈哈!」陽晴受到阻止之後發出歡快的大笑,抓著葛東的手指反而攥得更緊了，說道：「葛茜，妳家的哥哥分我一半好不好？我也想要哥哥！」

「妳在說什麼瘋話，快點回去！」葛茜本來只是做個頭痛的模樣，結果陽晴變本加厲之後，她真的開始頭痛起來。

「我知道了啦！」陽晴無視葛茜的憤怒，笑容不減的拉著葛東說道：「走吧走吧，葛東哥送我回家！」

「啊……」

葛東看了看興高采烈的陽晴，又回頭看看自己妹妹那煩躁不已的模樣，聰明的選擇了不發表評論，只是趕緊套上外套，拉著陽晴走出家門。

「啊哈哈哈哈！」陽晴的笑聲一直沒有間斷，甚至笑到幾乎要走不動路的程度。

「究竟是什麼事情這麼有趣？」葛東摸不著頭緒之餘，卻也被那毫不掩飾的笑聲帶得有些想笑。

聽到他發問，陽晴終於略微收斂一些，但是先前笑得太過頭了有點喘不過氣來，搭著葛東的肩膀斷斷續續道：「不是有趣，是很開心的事情！」

「妳是說有哥哥這件事？」葛東拿這個小瘋婆子沒有辦法，只得讓她先在家門口的樓梯臺階上坐下休息一會兒。

「是啊，因為我家只有姐姐嘛，雖然也是會關心我，但是姐姐跟哥哥的關心方式果然不一樣呢！」陽晴揉著自己的肚子，讓自己慢慢平復下來。

「我想這應該不是姐姐跟哥哥的緣故……」

葛東撓了撓頭。陽晴的姐姐也就是陽曇，她的脾氣比較火爆一點，想必關心的方式也是相當激烈吧……

「不知道呢，我認識的人當中，只有葛東哥的哥哥屬性最強呢！」

「不要說什麼屬性，這種好像漫畫一樣的說法……」

對於葛東嘴裡的抗議，陽晴只是俏皮的一吐舌頭，這比她先前刻意做的那次要自然多了。

「不過，『葛東哥』這個叫法好奇怪啊，一般都不會連名帶姓的這麼叫不是嗎？」

葛東對於這樣的發展沒有特別的感覺，既不高興也不厭煩，只是覺得隨便怎樣都好。

「那叫東哥？」陽晴按照正常的思考模式，把姓去掉了。

「……還是算了，這是某個已經退休的知名棒球員的外號，我不想在這裡跟他弄混淆。」葛東額角流過一滴冷汗，擔心她又提出什麼奇怪的叫法，忙催促道：「妳好點了沒？可以的話我們就出發吧，妳姐應該在擔心了。」

「嗯，出發吧！」陽晴一拍大腿站起身來，並且把右手伸到了葛東面前。

「做什麼？」葛東迷惑不解的望向她。

「牽手啊，兄妹上街就會牽手的吧？」陽晴理所當然的說道。

「先不說我跟妳不是兄妹，再說普通的兄妹上街也並不會牽手……至少我們家是不會的。」葛東額頭上的冷汗增加了。

「咦，是這樣的嗎？可是我看漫畫裡……」

「所以說那是漫畫……」

在葛東的注視之下，陽晴敗退，訕訕的收回手。

※　※◆※　※

葛東家跟陽晴家離得並不遠……算上友諒，他們三家住得很近，畢竟跟陽曇曾經是玩在一起的小伙伴，要不是後來陽晴搬過家，那麼他們還會住得更近一些。

這麼一想，葛東突然發現自己已經想不起來陽晴家以前是住在哪裡，應該就在附近才是……

沒多久，葛東遠遠就看到了陽晴家的警衛亭，因為過往的不愉快經驗，他不是很想靠近，於是說道：「那我就送妳到這裡……」

「咦，這就要回去了嗎？不上去坐一下嗎？」陽晴一聽他這麼說，趕緊一把將葛東的手臂摟住了。

陽晴的身體感覺上軟呼呼的，又很暖，在這個大冬天裡的夜晚，貼著她是一件挺舒服的事情。

……以上是純粹物理方面的感想，並不是葛東有什麼邪念，必須在此強調。

「這個時間不太方便吧，只是送妳回來還好，要是讓妳爸媽看到他們女兒在這個時間帶男生回家，我覺得那將是個非常不妙的場面啊。」葛東連忙拒絕，這樣的壓力可不是一般的大！

「沒關係啦，反正他們今晚也不會回家，起碼讓我招待葛東哥一杯茶吧！」陽晴使出了撒嬌攻擊，緊緊拉著葛東不肯放手。

葛東本來想要拒絕，但轉念一想覺得是個好機會，那張拍到艾莉恩的照片必須得處理，既然陽晴這麼強烈的邀請，那他為何不乾脆趁這個機會一探虛實呢？

這次不同於J部那種喊打喊殺的組織，進入陽晴家一點危險也沒有……嗯，其實也不是沒有，陽晴她姐就是一個堅定的將葛東視為敵人的傢伙。

「那妳姐呢？」葛東心裡想到，嘴巴上就問了出來。

「姐姐她……我不清楚耶……」陽晴見他有答應的跡象，便稍微鬆開了手，接著回答道：「因為姐姐偶爾會很晚才回家，我不敢問她去做什麼了，所以……」

「這樣啊……」

葛東從她的回答中察覺了些許的違和感，但他並沒有繼續深入思考，而是答應了陽晴上去坐坐的邀請。

因為有這裡的住戶帶領，葛東難得不用登記就穿過了警衛室。該說不愧是高級社區的警衛嗎？他們真的記得每一個住戶的臉，只是稍微向葛東多看了幾眼卻什麼也沒問。

只是為什麼小時候來的時候要登記，長大以後反而不用呢？

這個疑問悄悄在葛東心裡冒出來，但是感覺不是很重要，所以這股疑惑僅僅一閃而過，並沒有停留太長的時間。

隨著陽晴來到七樓，她也沒有按門鈴的打算，直接拿出鑰匙來開門。在臨近午夜的這個時間，門鎖轉動的聲音異常清晰，還不等她把鑰匙轉到底，陽曇的聲音就從門後傳出來。

「陽晴，妳又這麼晚回家了！」

即使隔著門板，陽曇的聲音中，那股責備與安心交纏在一起的氣味依然透了出來。

陽晴在外頭開的是防盜門，而陽曇聽到聲音從裡頭打開內裡的木門，兩姐妹雖然沒有彼此見到面，但默契依然相當不錯，幾乎是同時做出將門往後拉開的動作！

然後陽曇就看到了門外的葛東和陽晴，而葛東也看到已經換上睡衣的陽曇。

陽曇的睡衣……就是那種外面成套販售的、長袖長褲印著卡通圖案的睡衣，是粉紅色的印著可愛小兔兔的睡衣，平常紮的馬尾也解開了，略帶捲曲的長髮隨意披散在肩膀上，呈現出一股未曾見過的風情。

說起來，葛東已經見識過很多種面貌的陽曇了，在學校時寡言冷漠的陽曇、在打工時認真盡責的陽曇、征服世界時暴露火爆的陽曇，而現在又見到了她慵懶鬆懈的模樣。

一個女孩子竟然有這麼多不同的面貌，實在讓葛東感到嘆服，也許未來還會繼續發現有關陽曇的新面貌吧……

「葛、葛東，你怎麼會來！」陽曇發出了彷彿尖叫一般的驚呼，捂著胸前就想把門關上。

「姐姐、等一下啊，葛東哥是送我回來的！」陽晴反應很快搶上前去，兩姐妹就這麼頂著門互相角力起來。

聽妹妹這麼一說，陽曇頓時想起了時間，她猛然一鬆手，正推著門板的陽晴一下子沒有對抗的力量，直接往前撲倒在地，而被她頂開的門板重重撞在牆壁上發出了巨大的聲響！

「唔，姐姐妳做什麼呀，突然放開的話……」

陽晴摔在地上跌得不輕，氣悶不已的爬起身來，卻見到陽曇面如冰霜的嚴肅模樣。

「妳是跟他在一起混到這麼晚的？」

陽曇不只是表情，就連語氣也冷得像是要結冰了一樣。

葛東突然覺得答應陽晴上來她家這件事，不是正確的決定，但面對盛怒的陽曇，該解釋的還是要解釋清楚才好離開，便說道：「是陽晴在我家待得太晚了，我擔心路上危險才送她回來的。」

「在你家待得太晚了？」陽曇的臉色並沒有好轉的跡象，反而變得更黑了一點。

「我的電腦怪怪的，所以去葛茜家借電腦用！」陽晴也跟著幫忙說話，她跟葛東的妹妹交好，陽曇是知道這件事的。

「是這樣嗎？」陽曇帶著懷疑挑剔的目光，毫不掩飾的盯著葛東，想從他身上找出破綻來。

「不然還能是哪樣？」

葛東無奈的一攤手，這一反問讓陽曇啞口無言了。

難道要指責他意圖染指陽晴嗎？

光是有艾莉恩的存在，就足以讓陽曇的疑慮消散一大半，即使陽晴是她的妹妹，即使艾莉恩是ＶＩＣＩ團的敵人，陽曇也必須承認，把陽晴跟艾莉恩放在一起相比較，正常人都會選擇艾莉恩的。

至於那剩下的一小半，則是懷疑葛東打算腳踏兩條船，或者他是一個喜歡未成年少女的變態之類，又或者是打算利用陽晴來對付ＶＩＣＩ團……

這麼一想理由似乎很多，總之還是不能放鬆！

「本來葛東哥都要回去了，是我叫他上來坐一下的，姐姐不要礙事！」陽晴對於自己的客人被刁難非常不滿，嘟著嘴護在葛東面前。

「竟然說我礙事！」陽曇沒想到會被妹妹如此頂撞，但是比起生氣更多的是感到恐慌，並且捕捉到她對葛東的稱呼，忙追問道：「妳、妳剛剛叫他什麼？」

「啊，這個嘛……」陽晴一路過來叫習慣了，現在被姐姐一問突然有幾分羞赧，支支吾吾的解釋不出東西來。

「那個……我看我還是先回去好了。」

葛東原本是想當作簡單的偵察而來，結果卻引發她們姐妹吵架，他並沒有堅定到破壞人家姐妹關係也要完成偵察的決心。

「不行！」事情演變到這種地步，陽晴也有些生氣了，她回頭抓住葛東，仍舊堅持的說：「最少也要喝杯茶才能走！」

葛東並不是一個會堅持己見、無所動搖的人，當陽晴拿出非要留他下來不可的強勢時，他的態度就軟化了，而另一邊的陽曇不知為何也沒有繼續反對。

於是葛東就這麼坐下來，看著陽晴跑前跑後的為他泡茶……真的是泡茶，從茶葉到茶具到茶水是一整套流程。

然後陽晴去廚房拿出放在瓦斯爐上加熱的白鐵水壺，一邊往茶壺裡倒水，一邊問道：「葛東哥喜歡喝濃一點的，還是淡一點的？」

陽晴一直都是以活力十足的陽光女孩形象出現，此時突然發現她文藝的另一面，兩種形象截然不同，讓葛東產生了一種恍若虛幻的感覺。

「葛東哥？」陽晴見他一直沒有回答，忍不住發出了催促。

「啊，淡一點的好了，這個時間了我怕會睡不著……」葛東如夢初醒，有些不好意思的將目光從陽晴身上移開。

「已經來不及了呢……」陽晴看著茶葉在水中舒張的狀態，無奈的回答道。

第三章 重要的訊息總是發錯人

第一泡的茶很快，葛東只不過這麼些微的耽擱，就已經錯過了淡茶的時機，陽晴將茶倒成四杯，這個泥紅色茶壺的容量差不多就這樣了。可是不知道為什麼，這四杯茶全都被放到葛東面前，好像是全部都要給他喝的樣子。

「妳自己不喝嗎？」葛東看著眼前排成一列的茶杯，不由得有些奇怪的問道。

「這個時間喝茶會睡不著的。」陽晴如此回覆。

啊……這一瞬間，葛東頓悟了！

就算是叫著自己「葛東哥」，這樣連名義上的妹妹也算不上的女孩，但只要是年齡差距在某個特定區段的，就會試圖讓對方困擾嗎！

受到某種情感的驅使，葛東再也顧不上偵察了，他端起茶杯直接往嘴裡倒下去，茶水稍顯燙口，好在一杯的分量甚少，在那陣熱燙的感覺過去後，便是一股茶香從舌根處騰湧上來。

就算是不懂得茶藝的葛東，也能感覺到陽晴泡給他的茶跟手藝都在水準以上，若是放在平常，葛東肯定能好好享受；不過才剛受到衝擊的他完全沒有那樣的心思，不等香氣徹底散發，便又端起第二杯茶倒進嘴裡。

就這樣，葛東迅速的將茶喝光，末了對兩姐妹露出微笑，說道：「既然茶也喝完，那我就先回去了。」

「喔、喔喔，那……葛東哥再見？」陽晴被他突如其來的行動弄得一愣一愣的。

陽曇見他告辭，雖然也不明白他為什麼突然那麼做，不過她是不會挽留葛東的，起身說道：「我送你去電梯那邊吧。」

「我也去！」

「妳趕快去洗澡，再拖下去又不知道什麼時候才能睡覺！」

陽曇強硬的把妹妹留在家裡，自己卻跟著葛東來到電梯處，壓低聲音問道：「你究竟想做什麼？」

「沒有想做什麼，我真的只是因為太晚了所以送她回來而已。」

葛東也覺得相當無奈，就算是敵對的關係，也不至於懷疑到這種地步吧？

當然，自覺無辜的葛東難以理解陽曇的心情，跟自己妹妹親近的可是敵人！

「你該不會是打算用陽晴當作人質，要求ＶＩＣＩ團放棄學校的勢力範圍吧？」陽曇認為只有這個答案最合理了。

無法溝通。葛東不由得冒出了這樣的想法，口氣也就變得惡劣起來，說道：「那麼妳能怎麼阻止我呢？」

「你！果然……」

陽曇一臉戳破他陰謀的模樣，一種帶著點識破陰謀的驕傲，卻又有拿他沒有辦法的憤怒。

雖然之前幾次交手，陽曇好像都占了上風，不過當時她手上有武器，而葛東總是空手，這才是葛東無法對抗她的原因。

如果拋開武器的影響，陽曇在純粹的臂力上是比不過葛東的，畢竟男女之間的力量差距，不特地經過鍛鍊是難以消除的，而這還要建立在葛東未來也不鍛鍊的前提上。

所以，陽曇在情緒上很憤怒，理智卻一直提醒她不要衝動，同時她也在悔恨自己竟然沒有拿武器就追出來，太過大意了！

兩人就這麼對峙著，直到電梯門開啟，葛東刺激完陽曇，也害怕一轉身被她從後面偷襲，於是就這麼面對著陽曇慢慢後退進入電梯，直到電梯門關上才鬆了一口氣。

離開陽晴家，葛東深深覺得事情變得麻煩了，他最擔心的問題終究沒有避開。

葛東第一個念頭是通知圖書館，但是打了電話沒人接，大概是太晚的緣故，接著他又翻著手機通訊錄，找到了艾莉恩的號碼。

可是葛東看了半天卻沒有打出去，倒不是想瞞著她這件事情，而是還沒考慮好怎麼說明。

「明天再說吧，現在太晚了……」葛東給自己找了一個藉口。

明天也沒有要去打工，正好先找圖書館商量一下……對了，忘記叫陽晴把照片給他一份，這樣也比較好討論。

不過才剛剛道別，突然就又打電話過去好像怪怪的，加上這件事也不用那麼著急，於是葛東只是向陽晴發了一則訊息，請她看到後就發一份照片過來，最後附上了自己的電子信箱位址。

弄完這些，葛東就安心回家睡覺了。

※　※◆※　※

葛東事後回想起來，說不定就是在這時埋下的禍根，沒有去注意到這件事的重要性，即使立刻就打電話過去顯得很奇怪，也應該要當場行動的。說不定趁著警衛還記得他的臉時，回頭去找陽晴會更好一些。

而這份輕忽大意的結果，就是葛東隔天一大早被電話聲吵醒，沒戴眼鏡的他只能看到窗外已經天亮了，卻看不清楚自己房間裡的時鐘。

葛東摸索了半天在床頭櫃上找到手機，勉強瞇著眼睛看向來電顯示，卻只見到一串號碼、沒有名字。一大早的腦袋還沒完全清醒，也懶得去費那個腦筋，他接通之後便問道：「喂，哪位？」

「葛東哥，我是陽晴……」

手機那端傳來陽晴的聲音，只聽她用惶恐的語氣說道：「我起來的時候看到你的訊息，迷迷糊糊的就發了照片，結果發到艾莉恩學姐那邊去了！」

「妳說什麼？！」葛東那些殘留的睡意瞬間被吹飛，猛然從床上坐起身來！

這絕對不是一個好消息，若是葛東告訴艾莉恩有照片的存在，並且慢慢引導，或許能比較平穩的處理；但現在陽晴直接把照片傳給她，葛東無法判斷驟然得知情況的艾莉恩會做出怎樣的決定來。

混亂中，陽晴似乎又說了什麼，不過葛東完全沒有聽進去，只是問道：「這是什麼時候的事情？」

「剛剛！」陽晴回答得很快。

這時葛東已經找到眼鏡，確認時間才早上六點多……這可是寒假的早上六點！

「……妳起得還真早啊。」葛東隨口說了一句，不由得對她能這麼早起產生了一絲佩服。

「葛東哥！」陽晴發出了不滿的語調，對於他在這種緊急情況下還顧著開玩笑很不滿意！

「好吧、好吧……」葛東強迫還未完全清醒的腦細胞運作起來，說道：「總之我先聯絡一下艾莉恩看看。」

「咦……可以嗎？」陽晴一聽也愣了。

「為什麼不行？」葛東理所當然的反問著，不明白她的驚訝從何而來。

「因為艾莉恩學姐她……」陽晴正想解釋，隨即又想起昨天的談話，以為葛東就像他說的那樣還無法接受艾莉恩不是人類的事實。

然而真相是葛東已經習慣艾莉恩並非人類，所以他說要聯絡也是心中的正確反應，跟陽晴猜想的理由毫無關聯。

「總之我先問問看，有什麼情況再通知妳。」葛東擔心艾莉恩做出過激反應，因此特地叮嚀了一句。

「嗯……不過我發照片的時候隱藏了自己的資訊，應該沒有被艾莉恩學姐知道是我發的。」陽晴聽他要開始辦正事，趕緊把自己這邊最後一點東西交代了。

——手機發郵件可以隱藏號碼嗎？

葛東心裡想著，嘴上卻沒有問。像這類電子產品葛東都只是一知半解的用著，有些功能他根本沒有發現。

不過事情並沒有這麼複雜，因為照片檔案比較大，所以陽晴是用電腦來寄發，電腦寄郵件就能做出許多精細的設定。而葛東與艾莉恩在通訊錄分類被放在一起，陽晴手滑之下不僅是發給艾莉恩，就連圖書館那邊也收到一份。

中斷與陽晴的通話，葛東正想著要不要先去刷個牙什麼的再聯絡，還握在掌中的手機便再次響了起來。

這次對方沒有關掉來電顯示，那一連串的號碼上頭浮現的正是艾莉恩的名字。

「喂？」

「葛東，我收到了一些危險的東西，你現在可以出來嗎？」艾莉恩的聲音聽不出情緒，平靜得波瀾不興。

「好，我們約在……」葛東本來想說去學校的圖書館，可是一想似乎現在去太早，便改口道：「先在學校門口見面吧，到時候我們再找方便說話的地方。」

「好。」艾莉恩沒有多說就掛上電話，也不提先前打了好幾次電話都不通的事情。

葛東重重的抹了一把臉，一邊收拾著早上的例行公事，一邊思考起該怎麼安撫艾莉恩才好。

只希望到時候她的態度不要太激動就好了……

※　※◆※　※

葛東小小的期望破滅了。

他在校門口見到的艾莉恩看起來沒有變化，即使是在收到那份照片檔案的前提下，也依舊把自己打理得乾乾淨淨，長髮一絲不苟的披在肩上，神色冷靜不見一點驚慌，說明收到照片的消息時也沒有異狀，十分簡要的說明收到照片的經過，並把她收到的照片給葛東看。

正當葛東微微放鬆，覺得可以討論怎麼解決這件事情的時候，艾莉恩的一句話打消他所有的念頭。

「那麼，雖然很遺憾，不過我的學校生活也到此為止了吧。」艾莉恩回頭望了校園一眼，眼中露出些許留戀的神色。

「什麼？」葛東一下子懵住了。

「畢竟已經被知道了，繼續待下去太過危險，就算沒有因此變得人盡皆知，但這也只是代表對方另有所圖，打算利用這個把柄做些什麼吧。」艾莉恩回過頭來，對著葛東說道：「不可以讓對方的打算這麼輕易實現，只要我從學校裡消失，對方計畫了什麼都無法立刻執行。」

「等等、等等，這個是不是反應太激烈了？」葛東見她還要繼續往下說，趕緊先阻止了艾莉恩。

「這是比較安全的做法，只要對方一時之間失去我的蹤影，想必也要煩惱一陣子，到時候我也可以暗中尋找究竟是誰做出這種事，一旦查出來就可以進行反擊……」艾莉恩頓了一頓，又說道：「葛東，雖然你一直不希望出現人命損傷，但這次恐怕不行了，被知道了那麼嚴重的東西，必須有所……處置才行。」

說話的艾莉恩自己沒有察覺，但是作為聽眾的葛東卻起了一身雞皮疙瘩。現在的艾莉恩十分恐怖，並不是那種流於表面齜牙咧嘴的凶悍，而是一種野獸潛伏起來、準備撲出去撕咬的恐懼。

葛東沒有經歷過可以被稱為生死關頭的場面，不過生物自然會有一種迴避危險的本能，儘管人類因為沒有天敵所以那方面的天賦並不敏銳，可是就在面前散發著威勢的話，再怎麼遲鈍也能感應到的。

就如同現在，一大清早行人還沒有那麼多的時候，應該是麻雀、白頭翁之類城市鳥類覓食的時間，葛東剛來的時候，在電線與圍牆上也確實有一些鳥，然而這時卻都撲騰著翅膀遠遠飛開了。

「我猜是J部做的，如果不是又有新的組織出現，她們的嫌疑最大。」

就在葛東大為緊張的同時，艾莉恩還在繼續分析著現狀。

艾莉恩分析得頭頭是道，假如不知道真相的話，肯定會覺得她說的很有道理。

——不，並不是這樣的……

——真相只是某人操作電腦的時候手滑了而已。

葛東無法宣之於口，要是艾莉恩問一句他是怎麼知道的，就必須把陽晴供出來。

原本是不打算隱瞞的，但艾莉恩先前的一番話，徹底打消了葛東的念頭，他十分懷疑，在這個時間點提出陽晴，艾莉恩會立刻向她下手！

「不要這麼急著做決定，對方既然能夠直接把照片發到妳的手機，那麼就算妳躲起來，他們也照樣能夠打電話聯絡到妳，難道妳打算以後都遠離這類科技了嗎？」葛東總算恢復過來，立刻開始勸阻想從學校中離去的艾莉恩。

葛東不敢現在就供出陽晴，但也不希望艾莉恩就此離開，他覺得這件事的嚴重性並沒有艾莉恩所估計的那麼高，只要冷靜下來慢慢思考，一定可以解決的。

「我的情況一旦曝光了就非常不妙，人類……對於膚色不同的人類都不容易相處，更何況是我，對方使用照片來威脅，我只能立刻躲入暗處伺機反擊。」

艾莉恩轉著手指，剛剛那股如同猛獸一般的氣息消失了，取而代之的是一股擔憂的神色。

就如同她所說的那樣，人類對艾莉恩這樣的外星種族會有什麼反應相當難以預料，稍微置身其中的一想，就能體會到她是多麼的不安，還能保持冷靜說出自己的打算，已經是非常能夠克制情緒了。

「……我們去跟圖書館商量一下，聽聽她的意見？」葛東一時想不到更好的說詞，只好把某個來監視艾莉恩的外星人學妹拉出來。

葛東沒有辦法的事情，交給圖書館或許會有什麼轉機，儘管圖書館以葛東所無法理解的方式履行她的本職，但一直以來她也給出了許多情報。

「圖書館嗎……也好，多一個意見也不是壞事，而且……」艾莉恩欲言又止的答應下來。

他們兩人這一連串對話都是在校門口進行，講到現在雖然還沒到學校圖書館開放的時間，但也差不了多少時候了。等兩人來到學校圖書館前面，恰好遇到圖書館正在開啟

學校圖書館的大門。

……講起來有點混亂也是沒辦法的，誰叫葛東替她取了那麼一個外號。

「喔，正好我們有事情要找妳商量。」葛東看似正常的打著招呼，不過感覺她似乎是刻意等在這裡的。

「那就進來吧。」圖書館的眼鏡上反射過一片光亮，帶著他們走進了還不到開放時間的學校圖書館，說道：「你們先找個地方坐一下，我要做開館準備。」

圖書館委員也是有工作的，圖書館並不是占了一個委員的位置然後就無所事事的專門監視艾莉恩，圖書館委員該做的工作她也是一項不落的做著。

首先是檢查還書箱，把還書箱裡的書登記了之後要放回架子上，然後是簡單的打掃，最後還要幫盆栽澆水，全部弄下來也需要不少時間，葛東也是第一次知道圖書館委員還要負責這些工作。

葛東看圖書館忙前忙後，覺得自己就這麼坐著看她忙不太好，也就跟著幫忙。葛東一動起來，艾莉恩也很自然的開始動手了。葛東會做的只有打掃而已，圖書編號分類什麼的根本不懂，倒是艾莉恩對於學習過的東西都能記在腦中，即使是圖書分類這種比較偏門的知識也沒有忘記。

這麼一通忙碌下來，比平常早了不少時間完成工作，圖書館也就拉著他們一起進到櫃檯裡，坐定之後才問道：「說是有事情找我，發生什麼事了嗎？」

「艾莉恩被拍到照片，我們現在正煩惱著該怎麼解決……」葛東按著腦門，雖然說得很簡短，但他覺得這種程度就足夠說明了。

圖書館仰起頭來彷彿在思考的樣子，一會兒之後開口問道：「不過就只是被拍到照片而已，有什麼關係嗎？」

「咦？」葛東聽了圖書館的話，不由得訝異的望向她。

「所以，艾莉恩學姐的照片被拍到，有什麼關係嗎？」圖書館再度詢問，視線卻是向著艾莉恩。

「唔……」艾莉恩感到為難，她與圖書館對視一番，便又轉向葛東問道：「圖書館她加入征服世界會也有一段時間了，應該可以告訴她真相了吧？」

「什麼，妳說什麼？」

葛東忽然覺得這兩個女孩好像彼此相當有默契，反而是他這個首領弄不清楚她們在說些什麼。

「就是……身分的事情。」

艾莉恩也感到相當為難，想繞著圈子提醒葛東，但一旁的圖書館面無表情似乎很精明的樣子。

聽到艾莉恩這樣提醒，葛東終於反應過來她們在說什麼，只是不免帶著奇怪的表情反問道：「她不知道嗎？」

「我沒有在她面前用過那樣的能力。」艾莉恩非常慎重的搖搖頭。

好吧，這兩個女孩打了半天啞謎，起因是圖書館非常盡責的角色扮演，沒有用學妹的身分看過艾莉恩的變化擬態能力，就假裝不知道葛東在說什麼；而艾莉恩的認知也是如此。建立在虛幻上的認知與葛東所知道的真相，兩者之間出現了偏差，所以才聽得一頭霧水的。

「那就給她看看吧……」作為知道一切的人，葛東深感無奈。

艾莉恩演示中……

圖書館很努力的做出驚訝的表情，看在知情的葛東眼中覺得相當虛假，可是艾莉恩並沒有覺得不妥，平時總是面不改色的圖書館露出動搖的神情，就已經足夠了。

或許葛東正處於所謂疑鄰盜斧的狀態？他也懶得去仔細分析心理作用，就只是靜靜等著艾莉恩那邊完事。

「妳覺得如何？」艾莉恩向葛東暴露實態的時候也不怎麼擔心，更何況這次是認識了大半個學期的圖書館。

「原來如此，我現在對於征服世界更加具有信心了。」圖書館用平淡的語調說著這樣的臺詞，反過來有種嘲諷一般的感覺。

但是艾莉恩不疑有他，握住圖書館的手，非常堅定的說道：「是的，我們一定可以成功的！」

第四章
陰暗濕冷的房子是外星少女的最愛！

「我們現在可以回到正題上了嗎？」葛東等她們把這齣戲做完，馬上催促著她們討論正事。

「我可以看一下你們說的那些照片嗎？」圖書館消除了邏輯破綻之後，繼續假裝成她沒有收到照片的模樣。

當下艾莉恩拿出手機，把收到的照片調閱出來給他們看。

同一批照片，葛東昨天已經看過了，剛剛又看了一遍，於是現在他只是裝著在看的模樣，內心裡卻在思考著該怎麼處理這次的問題。

同樣的，圖書館其實也收到了照片，不過她那張無表情的臉就是最棒的演技。她慢慢的看著照片，非常仔細的，不僅是艾莉恩被拍到肢體變形的那張，其他照片也是這麼慢慢的看著。

見到圖書館這麼不慌不忙，葛東那煩躁不安的內心也稍稍穩定一些，他不由自主的偷偷望了艾莉恩一眼，只見艾莉恩也是面無表情的等著，葛東無法從中看出些什麼。

好一陣子後，圖書館終於抬起頭來，說道：「我看完了……確實相當不妙呢，這個掌握在別人手中，我們不管做什麼都會束手束腳。」

「是的，我們之前已經稍微討論過了，可是沒有想到解決方法……」

葛東對這個自稱來監視艾莉恩的外星人充滿期待，如果她能拿出什麼神秘的儀器，直接將這些照片從世界上抹除掉就最好了。

「我也沒有辦法。」

然而，世上果然沒有那麼方便的事情，圖書館給出了令人失望的答覆。

「也是呢，我們連是誰做了這種事都還沒有頭緒，就突然要妳想出辦法也太強人所難了。」

艾莉恩沒有多少失望的模樣，在這邊沒有答案是意料之中的事。

「連是誰做的都不知道嗎？」圖書館這麼問著，一邊朝著葛東望去。

被圖書館這麼一望，葛東頓時感到一陣壓力，他分不出來這道目光究竟代表著什麼意思。

「嗯，沒有發件人的消息……」

艾莉恩臉色不由得陰沉下來，這樣什麼都不清楚，如墜五里霧中連敵人究竟是誰也無法確定的狀況，令人不由自主的煩躁起來。

另外一邊的葛東被圖書館看得渾身不自在，他努力的用眼神傳遞現在不是說明的時機，但是圖書館那凍結一般的表情，讓葛東無法把握她究竟有沒有明白自己的意思。

「不用急著煩惱，我們這邊已經有初步拖延時間的手段了。」艾莉恩拍了拍圖書館的肩膀，隨即站起身來，說道：「我和葛東還有別的事情要做，如果妳想到什麼提議，就……聯絡葛東吧。」

葛東不明所以的跟著艾莉恩起身，明明一大早才被緊急叫出來，怎麼突然就有事情要做了呢？

「好。」圖書館點點頭答應下來。

稀里糊塗跟著艾莉恩離開學校圖書館，葛東隨著她走出校門，來到不遠處的公車站牌，這才忍不住問道：「我們接下來要去做什麼？」

「去看房子，對方既然能把照片直接寄到我的手機，那麼我住的地方肯定也不是秘密了，必須要找個新的住處才行。」艾莉恩一邊解釋，一邊開始打起電話。

「啊……」

葛東聽著她聯絡房東要去看房子，想要制止她又沒有說詞，無奈之下暗自決定，一定要勸阻她因為這種誤會而搬家。

※　※◆※　※

坐在公車候車亭中，葛東一大早被叫出來的緊張感已經退去，這才發現今天天清氣朗、風和日麗，暖洋洋的太陽曬在身上，絲毫感覺不出來現在正值冬天，街上甚至可以看到穿著短袖的行人，邊走邊用廣告傳單當成扇子搧風。

這是個很適合出門的天氣，如果不是因為出門的理由是那樣，跟艾莉恩一起到處跑應該是件很值得高興的事情吧……

就在葛東的感嘆中，公車到來了，他也懶得問艾莉恩要去哪裡看房子，總之跟著她就對了，腦子裡思考的全是這一次的危機。

結果這一坐就是一個多小時，公車悠悠晃晃的來到郊區。

「真遠啊……」好不容易挨到地方，葛東忍不住發出了感嘆。

「市郊的房租會比較便宜，對於現在的我是很重要的一個條件。」艾莉恩解釋道。

看房子的詳細過程就忽略過去，必須要提的是，艾莉恩所看的房子不僅位置相當偏僻，而且還是因為太偏遠所以顯得便宜，同時屋齡都偏老，裡頭或是沒有家具，或是家具老舊已經不堪使用。

除此之外，艾莉恩選上的房間都比較陰暗，光是待在裡面就好像全身要被濕氣覆蓋似的。

「班長……難道妳很喜歡這樣的地方嗎？」葛東在陪她看完第四間環境類似的房子時，終於忍不住發問了。

「喜歡？」艾莉恩露出了認真思考的表情，她思考的時間不長，一會兒之後便回答道：「嗯，我很喜歡那樣的環境。」

聽到這個不算是太意外的答案，葛東突然覺得她之所以住在那種地方，或許不得已的成分沒有想像中高。

因為艾莉恩看中的房子都比較偏僻，相對的距離也就遠了些，從早上便一直東奔西跑的，儘管真正看房子的時間沒有多久，但是到這時也已經日落西山，就時間上來說應該是最後一間了。

最後一間是個地下室，這是一棟兩層樓的平房式建築，以風格而言大概是美式或者英式風格，不過裡頭的布局已經被切割成數個小房間，專門用來出租，而這間地下室可能是因為環境太差，所以一直租不出去，房東在介紹時不斷強調房租很低廉，也許在房東眼中這間地下室排除房租便宜以外也沒有其他優點了。

對於葛東來說，確實如此。這間地下室的燈光布局不太好，即使把所有的燈都打開了，也顯得比較暗，同時濕氣很重，又沒有窗戶可以開，即使現在沒有霉味，但可以想像得到，只要住得久了，這裡的氣味肯定不怎麼好。

但是對艾莉恩而言就不是這樣了，葛東發現，打從進入地下室以後，她的眼睛就撲閃撲閃的發著光，滿意度幾乎化作實質，彷彿可以使用直尺來衡量！

累積一整天看房經驗的葛東，多少也能理解艾莉恩對房屋的要求，而且她表現得太明顯了，一旁陪著他們下來的房東也很疑惑，為什麼在他眼中很難租出去的房子，讓這個女孩這麼心動？

好在艾莉恩很理智，她只是來看看行情的，儘管在這裡看到了相當中意的房子，也不打算搬過來，不過艾莉恩很認真的記下這裡的地址。

「可惜了，要不是現在的狀況，那倒是不錯的產房地點……」

艾莉恩在公車站牌下，遠遠眺望著剛才那棟平房的位置，忍不住嘆了一口氣。

接著艾莉恩就解釋說，雖然那間房子的地下室租不出去，但上面那些被隔成小間的房間卻是租出去了不少，人來人往隨時有可能下來敲門，除非將整間都買下來，不然是無法當作產房來使用的。

葛東半懂不懂的聽艾莉恩解釋，下意識的就問道：「為什麼租的不行？」

「因為將房子改作為產房，難免會有一些異常的狀況出現，鄰居們對於報警可能比

較謹慎，但是通知房東就不會有任何疑慮，到時候被房東察覺有什麼不對勁，又會有很多的麻煩。」

艾莉恩說明的時候，葛東腦子裡卻浮現了電影異形中那個黏糊糊的女王產卵間，這個畫面讓他不願繼續深想下去。

產房的話題只是淺嘗輒止，除了環境以外，安全也是一個非常重要的考量，艾莉恩覺得現在這種隨時會受到威脅的情況，挑選合適的產房環境意義不大。

兩人就這麼一邊等公車，一邊聊著，話題不知不覺散亂了起來。因為葛東不敢說太多照片的話題，艾莉恩又沒有線索只能胡猜，於是話題又轉到征服世界上頭。

「現在的情況是一個很好的提醒，葛東，你在征服世界的事情上面有些被動，如果我們的勢力更加強大一點，或許就可以忽視這種等級的威脅，甚至反過來找出對方的所在。」艾莉恩言詞鋒利，直指葛東到目前為止的拖延戰術。

使用「有些被動」這詞來指責葛東，這是屬於艾莉恩的委婉，實際上光用被動不足以形容。或許從葛東的角度來看，會覺得自己已經足夠努力了，可是立場不同，看待問題的方式也不同，而看在艾莉恩的眼中，葛東根本就是毫無作為！

「即使你打算使用征服人心的方式，也可以採取更加積極的做法，比如ＶＩＣＩ團和Ｊ部，這種已經不需要隱瞞的對手，應該去不斷的擊敗他們，逼迫他們同意更多條件，直到最後不得不加入我們，或者乾脆放棄。」

艾莉恩在葛東大部分是用來敷衍的規則下，提出一個可行的做法，這讓葛東無言以對，而且為什麼話題突然轉到這個方向來了？

「妳該不會已經執行過了吧？」見她說得有板有眼，葛東不由得擔憂起來。

雖然艾莉恩尚不清楚ＶＩＣＩ團的真面目，但Ｊ部的地下基地可就在那邊跑不掉的；而且Ｊ部的武力都建立在她們所操縱的機器人身上，當時製造的損傷不知道究竟要修理多久。

「我去找過Ｊ部，但先前的出入口已經不能用了，那個在社區地下停車場的逃生出口也是一樣，被水泥封起來變成普通的牆壁，似乎是實心的，不準備工具無法更進一步的確認。」艾莉恩若無其事的說著讓葛東心驚膽跳的話。

應該稱讚一下Ｊ部吧，戰敗之後立刻切斷被敵人走過的通道，雖然那個地下基地不可能說搬走就搬走，不過只要改變了出入口的位置，以Ｊ部的技術而言可以隱藏得非常好。作為曾經走過她們通道的葛東，可以拍著胸膛保證這一點。

但是……艾莉恩沒有想過直接對付紅鈴嗎？沒有經過偽裝，二年四班東赭鈴的臉不是完全暴露在她眼中了嗎？紅鈴可是很容易找到的，作為曾經與葛東競選學生會會長的對手，艾莉恩不可能忘掉的。

還是說，艾莉恩相信著葛東的說詞，準備使用懷柔的手段吸引她們加入？

儘管是這麼想著，但葛東卻沒有提醒她，無論艾莉恩是真的忘記了紅鈴的臉，或是她沒有想到直接去二年四班找人，葛東都不想因為自己的關係讓她想起來。

就算是曾經打算動用暴力手段的Ｊ部，葛東也不想反過來用同樣的方式來對付。

「我會考慮的，先前一段時間當了學生會會長，很多事情變得陌生，一時之間顧不到那麼多事情……」葛東很輕易的就找到藉口。

雖然暫且把征服世界的事情敷衍過去，不過這對眼前的困境沒有幫助，葛東理了理思緒，說道：「我覺得妳還是先不要急著搬家。」

「嗯？」

艾莉恩側過頭，儘管葛東突然轉變話題，但是她完全能夠跟上，畢竟他們會花一天來看房子，也是因為那件事的關係。

「妳看，我們現在毫無頭緒，在原本的地方待著，雖然會受到對方的威脅，不過也能從中得知一些訊息，無論是對方的目的或者身分，都是我們現在急需的情報。」

葛東一整天看房都心不在焉，就是在想著怎麼勸阻艾莉恩搬家，到這時候總算把理由掰得差不多了。

「這倒是一個不錯的想法。」艾莉恩點點頭，卻不免警告道：「葛東，要是對方要求我去做破壞性的工作，在這種情況下我沒辦法拒絕。」

「這個嘛……」

葛東一點也不擔心，因為這件事從一開始就是誤會，陽晴不可能利用照片的問題威脅艾莉恩做什麼的，但是要怎麼讓她放心下來，卻是一個難題。

不過，想到陽晴其實不會發給艾莉恩指示，葛東腦中忽然閃過一道靈光。

陽晴發照片的時候隱藏了自己的資訊，而她非常緊張自己一時手滑的舉動，一時半會也不敢聯絡艾莉恩，這之中似乎有什麼可以利用的地方……

這個念頭一旦冒出來就止不住了，沒有名字、不會發信，這之間的操作性非常大，弄得好了可以輕易穩住艾莉恩，不讓她做些太過出格的事情，只要他這邊趕緊把照片處理掉……

總之，問題又繞回到最開始的地方，全都困在陽晴的那幾張照片當中。

「對方不會這麼一直保持神秘下去，非要用這種手段來威脅妳，肯定有什麼無法放上檯面的任務，那種任務恐怕不簡單，用那種無法聯絡的通訊方式是不成的。」葛東一邊把腦中想到的東西條理化，一邊給艾莉恩說明著。

「也就是說，對方一開始也不知道我會配合到什麼程度，所以不會拿太超過的事情來試探我嗎？」艾莉恩考慮了一番，點頭承認道：「確實，光是逃避也沒有用，被握有的把柄不會因為我逃走而消失，必須得進行最初的接觸才行。」

「這樣就好！」葛東大喜，一整天下來終於把艾莉恩搬家的念頭打消了。

「你好像很高興的樣子？」艾莉恩對他的反應頗為不解，為什麼決定要接受試探之後他會是這樣的反應？

「啊，因為這樣妳就不會說要從學校離開了。」葛東臉上微微發熱，在沒有解除危機的這時就開心起來確實太早了一點。

「……」艾莉恩望著他好一會兒，最後偏過頭去什麼也沒有說。

總之，覺得掌握了關鍵的葛東，內心裡並不把艾莉恩口中的威脅當成一回事，腦子裡想的全是該怎麼消除照片，雖然這個方法好像忽略了什麼，卻不被葛東重視。

※　　※◆※　　※

乘車回家，艾莉恩一如往常的把葛東送到他家樓下大門口，互道晚安之後，艾莉恩的背影很快消失在巷子轉角，不過葛東並沒有立刻上樓，而是站在原地拿出了手機翻找著通訊錄。

陽晴拍到的照片全都包含著FR—03在內，之所以不能貼到網路上也是因為J部的布置，那麼在此時詢問一下她們也是很理所當然的念頭吧？

鈴聲響了很久，在快要轉成語音信箱的時候，才聽到接通的聲音，紅鈴那無奈的聲音傳過來道。

「為什麼打電話過來？」

葛東突來的電話嚇到了紅鈴，在剛見到手機上顯示的來電者時，她差點把手機摔到地上，這可不是基於憤怒，而是驚訝與慌張混雜在一起的結果。

「因為有件不得不跟妳說的事情，是這樣的……」葛東也不多寒暄什麼，只是把陽晴拍到了照片，以及準備上傳網路的情報傳達過去。

「照片的話沒什麼，我們早就做好相應的準備了。」紅鈴聽了之後不由得一哂，見他突然打電話過來還以為是什麼事，當下自信滿滿的說道：「既然你特地打電話過來告訴我這個消息，那我也告訴你一件事好了，J部正在研發一種電腦病毒，可以將所有照到FR—03的電子檔案破壞掉，可以一勞永逸解決類似的麻煩，不過……」

「不過什麼？」

「依照目前的進度來看，還需要一個月左右才能完成。」紅鈴的自信在這邊減弱了幾分。

「妳的意思是一個月之後，一切就結束了嗎？」葛東對於得不到J部幫助這點是有心理準備的，反而是她們能在一個月內解決比較令他驚訝，便又問道：「不過一個月很長呢，感覺好像很容易發生什麼意外事件的樣子啊？」

「不會有意外的，我們的程式防護可是很強的！」紅鈴對這樣的擔憂嗤之以鼻。

「實體印刷也不行嗎？」葛東聽這語氣，忍不住就與她抬槓。

「實體印刷的話……」紅鈴一滯，這方面確實沒有阻止的手段。

以現在印表機普遍的程度，隨便用個隨身碟裝了去印，這個過程中完全不需要使用網路，J部自然也就防護不到那種程度。

「所以說啊，我們可是很困擾的，被那麼顯眼的東西牽連，跟那種東西一起出現在照片上會引起很大關注的吧？可是就算處理完，最大的好處也是被J部占去呢……」

葛東聯絡J部只是抱著試試無妨的心態，沒有得到進展也不顯露出憤怒急躁，猶有要嘴皮子的空閒。

「還不是因為跟你們交戰的關係！」紅鈴忍不住吼了出來。隔著電話，沒有直接見到葛東，她的膽子就大了很多。

「我記得最早是妳們要出手吧……算了，現在吵這個也沒有意義，總之J部依然打算袖手旁觀嗎？」葛東輕飄飄的問著，倒像對照片事件並非十分上心的樣子。

「我們沒有袖手旁觀，J部一直都在處理後續問題，但是現在能做到的不多，大概只有擴大網路封鎖的範圍，這樣一來會有很多其他的東西被劃入，會引起不必要的騷動……而且也沒什麼幫助。」紅鈴是這麼覺得，做出了誤判的她放緩口氣，與葛東慢慢商量著。

恐怕就連紅鈴自己都沒有發覺，她在面對應該要被視為壞蛋的葛東時，已經沒有那麼強硬了。

人的墮落總是一步一步慢慢深入的，紅鈴從一開始與邪惡組織勢不兩立，但是被打敗到陷入絕境時，接受了葛東提出來的交易——這就是第一步，紅鈴腦中那個正邪分明的界線悄悄被打開了一絲縫隙。

而現在與葛東商量，則是墮落的第二步，她自己卻沒有發現到這點……

第五章
少女發出的訊息
是生人勿近。

「嗯，我也不希望Ｊ部過多的介入我們的行動，但是我想說，假如這次事件中出現一些騷動，Ｊ部可以幫我們控制一下網路。」

葛東本來也沒有對Ｊ部的幫助抱太大期望，但跟紅鈴的對話中，很自然的就替未來的行動加上了一層保險。

只是加個保險，葛東還沒有想到要怎麼行動。

「你們打算做些什麼？」

紅鈴立刻警戒起來，雖然對葛東的防備已經有些鬆動，卻她依然還記得他是邪惡組織的首領。

對於葛東即將要做出的行動，紅鈴說不在意絕對是騙人的，但Ｊ部現在相當虛弱，ＦＲ—０３還沒修理完成，同時經過實戰後累積了許多改進方案，這都需要時間來整理，暫時沒有介入爭端的實力。

「別擔心，我可是和平主義者，不會鬧出不可收拾的動靜，拜託妳們也只不過是為了以防萬一而已。」葛東十分自豪的說著。

「唔……」紅鈴感覺自己被諷刺了，卻偏偏沒有辦法反駁。

將紅鈴的氣勢打落的同時，葛東也在思考J部能在這件事上出到什麼力，要她們出來一起並肩作戰那是想太多了，而且葛東也不打算那麼做，雖然艾莉恩沒有直接去找紅鈴的麻煩，可是葛東卻不希望她們兩個見面。

就算是艾莉恩真的遵守著葛東所說，不可殺傷人命的規矩好了，葛東卻無法保證紅鈴到時會不會反過來挑釁。

現在看起來，J部能做到的事情好像只有加緊開發那個程式而已。

之後葛東又隨便跟紅鈴鬥了幾句嘴，接著掛上電話，然後他就應該聯絡陽晴了。只是要怎麼跟她說明今天的事情又是一件難事，到底要把艾莉恩的態度暴露到什麼程度才好呢……

思考了一會兒，葛東決定把事情說得嚴重些，嚇唬嚇唬陽晴，好讓她這段時間安分點，不要又弄出什麼無法收拾的情況。

「喂，葛東哥？」

打過去的電話幾乎還沒響起就接通了，陽晴那帶著點遲疑的詢問傳了過來。

「是我，妳倒是接得挺快啊？」葛東回應著，也因為有紅鈴這個比較對象的關係，才隨口提上那麼一句。

「因為葛東哥說要去跟艾莉恩學姐打聽消息之後一整天都沒回應，我很擔心是不是被吃掉了什麼的……」陽晴從早上開始就一直抱著手機直到現在。

「被吃掉……」葛東一陣無語，虧她能幻想出這樣的發展……

不過，葛東自己也曾經懷疑過，還因此偷看艾莉恩的便當，好像沒什麼資格指責陽晴啊？

「先不管那個，我今天跟艾莉恩見到面了，我不敢問得太明白，而她看起來又相當的焦躁，所以沒得到什麼有用的東西。」葛東先是塑造出一股沒有進展的氣氛，然後一轉語氣說道：「雖然沒有談上實質性的問題，但是我感覺現在的艾莉恩很危險……」

葛東前半段是編的，後半段則是他真心誠意的個人感受。拋開今天初見面那時的感

受，就算是後來已經收斂的艾莉恩，也不時流露出一股危險的氣息，刺得葛東雞皮疙瘩一波一波的。

有這樣的體驗，此時說明起來自然也是繪聲繪影，另一端的陽晴老半天沒有聲音，等葛東說完之後，才可憐兮兮的問道：「所以現在要怎麼辦才好？」

「妳是怎麼想的？」

葛東先前跟紅鈴鬥嘴的時候，說出直接列印照片的可能，現在想想倒是真有點擔心陽晴這樣做。

「我？」陽晴不明白為什麼突然問起這個。

「先不說妳把照片傳給艾莉恩的烏龍，妳原本得到照片之後打算貼到自己的網誌上，有想過之後會變成怎樣嗎？」葛東嘆了口氣，說道：「首先，艾莉恩肯定無法繼續在學校待下去了，妳有考慮過這方面嗎？」

「我……」

陽晴一時做不出回答，她不是沒有想過這個問題，而是考慮過了之後依然決定要貼在網誌上。

正因為如此才難以說出口，她可以感覺出來葛東與艾莉恩之間，並非只是普通同學加打工同事的關係，還有更深刻的一些什麼，卻又不像是男女朋友的那種關係……

那種關係很美妙，陽晴跟他們混在一起的時候，飄蕩在周圍的空氣似乎都變得歡快起來，雖然陽晴是抱著觀察艾莉恩的目的在接近他們，卻在相處中體會到了開心……

還有圖書館，能這樣面對面暢談超自然事跡的對象至今只遇到她一個而已，與同好在網路上交流，終究缺乏一種暢快淋漓的感覺，而她將艾莉恩的照片曝光後，這樣能盡情談論的夥伴也要失去了……

陽晴覺得自己明明有很多想法，卻總是無法編織成語言，煩躁之下不由得反問葛東道：「那葛東哥又是怎麼想的呢？明明已經見到了證據，卻還是能普通的對待艾莉恩學姐，葛東哥為什麼可以這麼從容？」

「這不是從容。」葛東深吸了一口氣，說道：「我只是在知道了艾莉恩的情況後，也不希望她離開學校。」

葛東此言發自肺腑，即使透過手機也傳遞到陽晴那邊。

「我也、我也不希望艾莉恩學姐離開……」陽晴沉默良久，終於吐露了心聲：「我猶豫了很久，不明白該怎麼做出選擇才好，既不忍心害得艾莉恩學姐離開學校，卻又捨不得放棄這麼難得的照片，一直做不出決定！」

明明是在說自己優柔寡斷，陽晴的聲音卻顯得很開朗，像是解開了什麼難題一般，這強烈的反差使葛東忍不住笑了出來，要是陽晴就在面前，他一定會忍不住想拍拍她的腦袋。

「所以妳就不能看在我的面子上，放棄艾莉恩的照片嗎？」葛東把內心深處的想法說出來後，感覺肩膀上輕鬆了很多。

「那是不行的，我也有自己想做的事呢。」陽晴也有類似的感想，確實把心裡話說開了之後就會讓人感覺很豁達。

「真是無情呢，那妳已經想好要怎麼做了嗎？」

葛東嚇唬陽晴的打算是落空了，但是很意外的卻一點失望的感覺也沒有。

「總之，先跟葛東哥把那個妨礙我貼出照片的組織找出來。葛東哥應該還會願意跟我一起找吧？」陽晴忐忑不安的問道，才剛剛拒絕葛東的要求，又馬上拜託人家繼續履行諾言，就連她自己都覺得相當過分！

「當然可以，因為她們讓我遇到了這麼麻煩的事情，不好好算一下帳可不行呢。」葛東嘴裡說得惡狠狠的，但更多是為了先拖住陽晴。

如果真的是要打擊J部，那麼在已經知道紅鈴這個人的前提下，要對付她們實在太簡單了。

結束了與陽晴的對話後，葛東又開始思考起別的東西來，今天的那個靈光一閃，他還沒想好要寫些什麼。

不過明天開始要打工，接下來是四天的全天班，葛東得想一個既符合試探的要求，又不會給艾莉恩帶來太多困擾的方案才行……

回到家的葛東先是申請了一個新的電子郵箱，這是準備用來跟艾莉恩匿名聯絡用的，帳號的名稱用上了「無名氏」的英文，然而因為這個名稱早就被註冊了，所以他在後面又掛上一連串的數字，看起來感覺超級廉價的。

然後葛東用這個信箱申請了一個網誌，也不做修改，就讓網誌以預設的版面樣式存在，然後把整個網誌設定成只有好友可讀。

弄完這些，葛東就去睡了。他打算明天再發訊息給艾莉恩，現在發的話，艾莉恩一定會馬上打電話過來說明這件事。剛剛才跟紅鈴還有陽晴通過話，編了那麼一大堆謊言之後，葛東覺得自己的腦子已經有些不夠用，恐怕無法很好的應對艾莉恩。

※　※◆※　※

隔天，葛東刻意選在快要到ＶＩＣＩ咖啡的時候，才送出已經輸入好的匿名訊息給艾莉恩。

訊息中首先強調了照片的事情，然後指示艾莉恩回信到葛東申請的那個信箱，同時還要加那個網誌的帳號為好友。葛東打算處理完照片的事情後，就找個藉口把帳號刪除，跟艾莉恩就說是已經解決這邊了……

這樣就好了吧？

雖然忽略了什麼似的感覺再次湧上來，可是葛東怎麼也找不到源頭，便暫且無視，專心執行目前想到的辦法。

匿名訊息送出去不久，艾莉恩的電話就來了，這也在意料之中，聽著艾莉恩迅速說明他幾秒前才送出的訊息，葛東有種相當複雜的感覺。

並不單純是欺騙而產生的罪惡感，還有自導自演這一段之後，對於自己的厭惡感，以及什麼時候才能結束這種亂七八糟狀況的煩躁感。種種負面情緒交雜在一起，偏偏還要裝著冷靜分析的語氣與艾莉恩交談，激烈的落差幾乎要將葛東撕成兩半！

「葛東，你怎麼了嗎？」

或許是演技上出了什麼差錯，艾莉恩察覺到葛東的不對勁。

「沒什麼，我在思考……」葛東連忙掩飾，這時也差不多快到ＶＩＣＩ咖啡了，於是他說道：「就加吧，現在至少我們知道了一個信箱地址，還有一個網誌，這符合我們先前的判斷，只要對方打算指使妳做事，就不得不顯露出更多東西出來。」

「好，那我就按照指示去做了，我把收到的信也發給你一份。」

艾莉恩說完沒多久，葛東就收到了自己發出去的轉寄信。

看著這份轉寄，葛東不由得感到滑稽，幸好他跟艾莉恩是透過手機對話的，否則現在他的表情一定會成為巨大的破綻！

收拾好心情，葛東抵達VICI咖啡開始一天的打工，因為已經在手機裡講得很清楚了，所以他與艾莉恩都沒有在店裡談論這件事。

VICI咖啡開始營業沒多久就會進入忙碌時段，中午過來吃飯的人其實挺多的，尤其在艾莉恩開始打工之後，客人的數量又增加了一些。

那種為了艾莉恩而來的客人，一部分是柢山完全中學的學生，一部分則是附近的居民，這種人本來吃完飯後都會在店裡待上好一段時間，但是奇怪的是今天的客人們卻很快都離開了。

因此ＶＩＣＩ咖啡的翻桌率上升，對店長大叔而言是個好消息，但是對於打工的葛東來說則是為此更加忙碌。好不容易在中午那段時間忙完，又還不到下午茶時間的空閒，店長大叔叫住了葛東。

「葛東，過來廚房一下。」大叔面無表情的拿著一個馬克杯，好像酒保那樣用布巾裡裡外外仔細的擦拭。

「什麼事嗎？」葛東把手邊的事情放下，繞進廚房問道。

「我問你啊，艾莉恩她今天怎麼回事？」大叔的動作看起來完全沒有變化，只有聲音壓得很低。

「什麼怎麼回事？」葛東不明所以的反問著。

「艾莉恩今天心情非常的不好呢，全身散發著危險的氣息，把客人們都嚇走了。」大叔用著與他形象完全不符的細語聲說道。

在大叔說到危險氣息的時候，葛東立刻就想起那天艾莉恩剛收到照片，找他出來告知要離開學校的事情，那時彷彿面對凶惡野獸的記憶依舊深刻，完全不需要更多的證明，葛東可以知道大叔說的就是那樣的氣氛。

「我沒有感覺到。」葛東也跟著認真起來，不過他是真的沒有發現。

「看你的表情，好像是知道了什麼吧？」大叔明明沒有回頭，卻好像看見了似的說道：「敏感的人……或者像我這樣鍛鍊過的人，能比較清楚的感覺到。遲鈍的傢伙可能什麼也感覺不到吧，不過大部分的人都還是保有基本迴避危機的本能呢……」

總覺得大叔好像想暗示些什麼，但是葛東刻意的無視過去。他的心中已經有了答案，原因大概就是打工前發給艾莉恩的匿名信，任誰接到那種恐嚇信都會不開心的。

認為已經找到答案的葛東，對於大叔的詢問就顯得很敷衍，大叔也察覺到了這點。

「總之讓她收斂一點，我希望這家店可以讓客人享受安心愉快的時光，而不是像現在這樣心驚膽戰趕緊吃完就走的地方。」大叔終於停下擦拭杯子的動作，在葛東離開之前這麼叮嚀道。

「我會嘗試的，不過效果無法保證……」葛東聳聳肩，背負了這麼多秘密之後，大叔的吩咐簡直輕鬆無比。

離開廚房後，葛東按照指示去找艾莉恩，把大叔所說的事情傳達過去，對於危險氣息什麼的自然沒有提，只是說了大叔察覺到她心情不好，希望不要影響到工作云云。

「唉，這個不是可以控制的呀……」

艾莉恩難得的嘆了口氣，雖然說的是心情問題，卻不知道為什麼開始整理起服裝儀容來。

在葛東眼中整整齊齊的服務生打扮，被艾莉恩整理過後更加煥然一新，雖然葛東根本看不出來她究竟調整過哪裡，可是眼睛是不會騙人的，那閃閃發亮的模樣絕無虛假！見艾莉恩做出改變，葛東沒有多想就停止了話題，在他的想法中，艾莉恩肯定能夠妥善的處理好一切，因為艾莉恩過去從來沒有令人擔心過，這樣逐漸建立起來的形象十分可靠。

……當然，對於葛東而言，需要擔心的事情有很多，比如征服世界什麼的，像自我調節這種小事，葛東覺得自己才需要別人的擔心，艾莉恩不會有問題的。

後來大叔也沒有再因為這件事多說什麼，今天的打工就這麼平安過去。然而，在例行送葛東回家的路程中，艾莉恩不時的拿出手機檢查郵件。

「妳很在意嗎？」葛東還是第一次見到如此躁動的艾莉恩，忍不住問道：「我看過妳轉過來的信件了，裡頭也沒有寫太多東西，為什麼妳這麼不安呢？」

「並不是要不要求的問題……」艾莉恩的身影彷彿縮小了很多，搖曳著她的長髮說道：「我不知道對方會有什麼要求，像這樣等待未知的威脅，不知道會是怎樣的要求，這樣的處境讓我很缺乏安全感。」

「啊……」葛東發現自己忽略的是什麼東西了。

他忽略了艾莉恩的感受，或許是一直以來無懈可擊的萬能形象過於強烈，又或者是得知她並非人類後想當然爾的臆測，葛東把艾莉恩想像得太堅強了。

回想一下，艾莉恩說過她擬態成人類的原因，就是因為人類在地球上是最為強勢的生物，使得她必須以人類的身分來偽裝，否則身分暴露後將會非常危險。

陽晴錯手將照片寄給艾莉恩是起火點，這挑動了艾莉恩的不安，而葛東後來輕率的決定則是噴灑了助燃劑，兩者結合產生加乘效果，將艾莉恩最大的擔憂暴露出來！

「我會儘快解決的。」葛東意識到錯誤，立刻做出修正的決定。

「葛東，你難道忘了之前答應過我，不會再一個人去解決所有事情了嗎？」艾莉恩聞言卻是搖搖頭，說道：「我們一起解決。」

「好，我們一起解決。」葛東的良心不由得痛了起來。

「嗯，那我就先回去了。」說話間，他們已經到了葛東家樓下，艾莉恩輕聲道別後便轉身離去。

望著她迅速消失在夜色中的背影，葛東下意識的握緊拳頭，指甲刺在掌心的輕微痛楚彷彿在責備他的愚蠢一般。

不，如果只是這點小問題就說是責備，那根本是對自己的縱容。挑動他人的不安來達成目的，這樣的行為是多麼卑劣，他在此之前竟然沒有認知到！

為了彌補自己的過失，葛東費盡心思的思考著，思考到腦袋都疼得不行，終於精疲力盡的倒在床上。

這次的危機可以說是全部起於陽晴手中的照片，只要先把照片消除，再把自己申請

的那個信箱和網誌當作另一個組織來看，接著再想個理由讓那個根本不存在的組織毀滅就好了……

到了最後，葛東意識陷入模糊的狀態中，自暴自棄的想著乾脆使用武力算了……

本來只是太疲倦而放棄般的想法，但也許是人類疲倦時會下意識選擇最輕鬆的方式，葛東越想越覺得武力方案好像很值得認真考慮。

最早的時候葛東沒有直接動用武力，是想著要用比較溫和的方式，或是比較技術性的方式把陽晴也隱瞞過去，所以武力選項就直接放棄了。

但是現在情況不同，情況似乎變得緊急起來，葛東無法面面俱到的顧及一切，那麼在衡量之後放棄某些堅持也是沒辦法的事情。

當然，到時候會蒙面，至於蒙面能隱藏多少就是另外一回事了。看看某個ＶＩＣＩ團的首領，他的蒙面沒有起到任何作用，除了艾莉恩以外，其他見過的人都能立刻認出大叔來。

總之，葛東的想法就是闖進陽晴家，強硬刪除掉照片的資料，有艾莉恩在，這應該不是很困難的舉動……

早知道要走到這一步的話，最開始的時候直接從她手中搶走相機就好了……

可惜世界上沒有後悔藥吃，想到辦法的葛東放鬆下來，原本想立刻通知艾莉恩的，但是拿起手機一看，才發現時間已是凌晨，在這個時間不是方便打電話的時候了，葛東趕緊收拾收拾睡覺，心裡想著明天一定要跟艾莉恩好好商量，把這個方案的各項漏洞都修補一番。

第六章 失蹤的外星少女

隔天艾莉恩沒有出現。

這天的打工沒有見到艾莉恩，平常她都會比葛東早到一些，但是今天當葛東抵達的時候，艾莉恩還沒有到。

「大概是路上遇到事情耽擱了吧，總是難免會有這種事呢……」葛東面對大叔的詢問，只能做出這樣猜測性的回答。

不過，這些話與其說是猜測，倒不如說是葛東希望如此，艾莉恩只是路上耽擱了的話該有多好啊……

葛東的期望落空了，直到開門營業的那一刻，艾莉恩也沒有出現。

很難想像艾莉恩發生這種事，不過事實不會因為葛東的難以置信而改變，他和大叔打了很多次艾莉恩的手機都沒有接通，她那邊根本沒有開機！

事情到了這地步，大叔要是還看不出來艾莉恩出了問題，就白活這麼大年紀了。如果是普通的工讀生，說不得還要扮演一下知心大叔的角色，可是葛東在這邊的身分有點特殊，大叔一時之間也有些撓頭。

「總之我先替她請個假吧……」葛東發出長長的嘆息，對大叔說道：「我可能也要請幾天假了。」

「突然少兩個全天班很困擾的……算了，就去吧，從今天就給你假，扯著一張沉重的表情在店裡走來走去，會讓客人心煩的！」大叔不耐煩的揮著手，一轉身就去打電話找替代的員工了。

「謝謝，算我欠你們一次！」葛東立刻就去換衣服走人。

現在還是ＶＩＣＩ咖啡剛開店的時候，也就是十一點多，說到要找艾莉恩，第一個能想到的就是圖書館，葛東一邊往學校的方向走，一邊翻找著圖書館的號碼。

艾莉恩無故曠工給了葛東很大震動，根據她一直以來的形象，這次曠工就像白紙沾染上一滴墨汁，雖然紙上絕大部分依然是白色的，但那滴墨汁卻異常醒目，甚至到了刺眼的地步！

葛東還沒找到號碼，圖書館已經先打了電話過來，他匆匆接起，只聽圖書館劈頭問道：「你知道艾莉恩住的地方嗎？」

「我知道。」葛東聽到這麼直接進入正題的說話方式反倒安下心來。

「那我們就在那邊見面。」

「妳知道艾莉恩在哪裡？」

葛東本來還想追問一下，結果老半天沒聲音，拿開手機一看才發現圖書館已經掛上了電話。

過去曾經說過，艾莉恩租的房子位於比較偏僻的地方，葛東自己去過一次，是跟著艾莉恩一起坐公車去的，雖然還記得地址，不過從ＶＩＣＩ咖啡這邊要怎麼過去又是一個問題……

※　※◆※　※

一個半小時後，葛東終於抵達了艾莉恩的租屋處，在那個老舊的磚瓦房前，見到了穿著便服的圖書館。

大冬天的，圖書館穿得厚厚實實，深灰色的防風大衣上繞著幾乎遮住她半張臉的圍巾，臉上的眼鏡散發著冰冷的光芒。

「有這麼冷嗎？」

葛東頗有疑惑，他只是穿著長袖加上一件外套而已，在沒有寒流來的日子，這樣已經相當足夠了。

「其實我感覺不到，只是做個樣子。」圖書館毫無隱瞞，把這一樁招呼揭過之後，一點廢話也不多說的直接道：「我知道艾莉恩在哪裡，跟我來吧。」

葛東點點頭，沒有多問就跟上了圖書館，只見她彷彿很熟悉這裡地形似的，不帶猶豫的行走於巷弄間。

「妳來過這裡嗎？」葛東追在她身後，覺得這樣一言不發的氣氛很詭異，於是便開口與她搭話。

「沒有，不過我看過地圖。」圖書館簡單明瞭的回答道。

圖書館調查這附近地圖的原因不用多做說明，艾莉恩住的地方原本就屬於老街區，觸目所及都顯得十分陳舊，巷道也是相當狹窄，兩人在其中穿行一陣子，周圍的景象越見破敗，葛東就這麼被帶到這一帶最荒涼的地點。

這一區已經破舊到被劃為危險建築，就算再怎麼想省錢也沒辦法住在這種地方……大概只有那些無家可歸的流浪漢會以此作為棲身之處，即使沒有實際的統計數據，治安不好的狀況幾乎肉眼可見。

舊街區的房屋道路經過數次變更，電線桿跟下水道孔蓋不像平常見到的那樣整齊；就在同一條街上的電線桿，用無形的線將之連接起來的話，可以發現電線桿的排列並不是一條直線，而是顯得有些左右錯落。

不僅是電線桿，下水道孔蓋也是如此，原本應該在柏油路面上的人孔蓋，卻有一個落到了人行道上，圖書館便在此地駐足，指著她腳尖前頭的下水道人孔蓋說道：「幫我把這個打開。」

「這個……妳的意思是艾莉恩在下面？」

葛東雖然明白了她的意思，卻覺得難以接受。

「我的身體能力只有女高中生的程度而已，你不幫忙的話是打不開的。」圖書館懶得回答那麼顯而易見的問題。

「我想說的不是這個啦……」

葛東無奈，他也沒別的管道去尋找艾莉恩，只好聽從圖書館的指示了。

下水道人孔蓋都是以百公斤來做單位，即使是最輕的人孔蓋也不是他們能搬動的東西，但是圖書館很神奇的從大衣底下拿出了兩根撬桿，追隨著阿基米德的腳步，他們運用槓桿原理移開了人孔蓋，露出黑漆漆的下水道入口。

幸運的是，這是條雨水下水道，雖然不免有積水與淤泥的氣味，但怎麼也比汙水下水道要好得多。

而且最近一段時間都沒有下雨，下水道裡不見積水，儘管淤泥還濕軟著，同時下水道高度甚低，只有一公尺左右，必須彎著腰才能進來，卻也已經比葛東想像的狀況要好很多了。

圖書館走在前面，同樣彎著腰，大衣遮住了她的背影，往下是兩條白皙的小腿，而原本漆黑的下水道，被圖書館眼睛中射出的光柱照亮了方向……

說圖書館的眼睛發亮在此時絕不是文學性敘述，而是貨真價實的發亮，就像是兩個鑲在她腦袋裡的強力手電筒。雖然一直知道圖書館這個外型並不是她真正的模樣，而是搭載用的人形終端，也見識過她手指發出電光，不過像這樣的景象依然顯得很離奇。

「那個……妳身上還有什麼別的功能嗎？」

葛東彎著腰，很不習慣這樣的行走方式。

「這是機密，無可奉告。」

圖書館頭也不回，平淡的語調顯得那麼拒人千里之外。

被噎了這麼一句，葛東尋找話題的努力失敗了，沉默的跟在圖書館身後。這種半矮著身子的行走姿勢彆扭之餘也相當費勁，配上前後都是單調的景象，葛東很快就失去對時間的把握，同時也不知道自己到底走出了多遠。

突然圖書館停下來，葛東一時不察差點撞上，只見她背著身子往後遞過來一根粗黑的東西，葛東接過來一看是普通的手電筒。

「為什麼突然拿這個出來?」葛東不明所以的問道。

「差不多到會被艾莉恩感知到的距離了,我要關閉人形終端的光源。」圖書館才說完就關閉了,原本明亮的下水道頓時陷入黑暗。

葛東摸索著找到手電筒的開關,雖然光線的亮度足夠他繼續在下水道中行走,但是跟剛才一比,總感覺十分的昏暗。

「就在前面了,我們走吧。」圖書館回頭招呼一聲。

也許是心理作用,葛東覺得她的眼睛似乎瑩瑩的發著光。

找到艾莉恩的過程意外簡單……不,或許說是艾莉恩找到他們比較妥當,因為在葛東他們再次跨出腳步後沒多久,艾莉恩就自行出現在他們面前了。

「葛東、圖書館……你們怎麼會到這裡來?」

說是自行出現,但艾莉恩開口之前,葛東根本沒有發現她的到來。

看到眼前突然出現一個長頭髮的人類影子,再加上因為回音而顯得失真的聲音,葛東差點以為自己遇到靈異事件,好在他總算記得自己來這裡的原因,手電筒往上一轉,出現在光線中的是艾莉恩的臉。

手電筒的光在艾莉恩身上一照而過，但也足以看清了，只見艾莉恩穿著柢山完全中學的運動服，即使在這樣的環境中，她依舊顯得乾乾淨淨、整整齊齊。

「手機，雖然沒有開，但是ＧＰＳ還是可以找到位置的。」圖書館在葛東驚慌的時候，冷靜的做出了解答。

「ＧＰＳ？」

艾莉恩對於學校沒教的事情就顯得一知半解。

「妳今天沒有去打工，我很擔心就找了……總之就是來找妳。」葛東不想讓她繼續追究下去，匆忙插話的結果是他差點說溜了嘴。

手電筒的光源已經離開艾莉恩身上，不過圖書館還是能看清楚她一臉欲言又止的模樣。儘管是用著人形終端在接觸這個世界，圖書館也不想長久待在下水道這種地方，於是提議道：「我們先離開這裡再慢慢聊吧。」

對此葛東自然非常同意，而艾莉恩也沒有反對的意思，於是一行人前後掉頭，往他們下來時的下水道入口前進。

不從原來的入口是出不去的，因為這邊出現的沉重人孔蓋以攀著梯子的姿態絕對推不開……這麼一想，到底艾莉恩是怎麼進入下水道的呢？

爬出下水道，重新將人孔蓋歸位，然後他們來到艾莉恩的家，雖然房間看起來陳舊，卻不缺塑膠凳子，這才終於有坐下來說話的空間。

「那麼首先要從哪裡開始呢？」

坐定之後，圖書館像是要主持會議似的首先開口。

葛東朝左邊看看，圖書館面無表情，看不出來情緒；他朝右邊看看，艾莉恩微低著頭，前額的頭髮遮住了視線，但縮著肩膀的姿態隱約暴露了她的心情。

「我先說點別的東西吧，關於照片的事情，我已經有處理的頭緒了。」葛東也懶得去追問艾莉恩躲進下水道的理由，反正理由大概也能想像得到。

「已經有辦法了？」

艾莉恩抬起頭來，臉上閃動著希冀的神情。

見到艾莉恩反應如此之大，葛東稍稍有些不適應，不過還是提出了決心動用武力的方案。

說真的，就算到了現在，葛東也不覺得這是什麼好主意，然而壞主意總比沒主意要好，至少能解決眼下的困境，至於後遺症什麼的……再想吧，必要的時候就讓艾莉恩變了樣子行動，也可以推到J部身上。

葛東這邊說著未來的行動方針，另一邊圖書館卻顯得有些沉默，平常會提出很多征服世界方案的她一句話也沒有出口，就這麼聽著葛東發表那些充滿破綻的計畫，她的注意力全都放到了艾莉恩身上。

而艾莉恩聽著，圖書館能察覺計畫很糟，她自然也有同樣的想法，可是……那又有什麼關係呢？

只要能解決問題，並且葛東難得解放了禁用武力的命令，艾莉恩內心裡漸漸翻騰起來。那是原本強硬壓制下去的東西，曾經在與J部戰鬥的時候悄悄冒出來過，那簡直像是最醇厚的美酒，品嘗過一次之後就令人念念不忘。

艾莉恩有那麼一瞬間露出了笑，但她沒有發現自己在笑，而且她的笑容並不含蓄，嘴角拖得很深，露出牙齒，宛如隨時會撲咬而上──明明看著是在笑，卻十足的令人感到不安。

圖書館就是把這樣的艾莉恩看在眼中。

葛東睡前想到的計畫相當粗糙，粗糙代表著很快就能說完，當房間裡重新恢復安靜之後，艾莉恩立刻起身說道：「我們現在就出發吧！」

「不要那麼急，不管再怎麼簡單的決定，也得好好做計畫才行。」圖書館阻止了渾身散發著浮躁氣息的艾莉恩。

他們所待的地方是艾莉恩的房間，紙筆之類的東西不缺，圖書館要來一份之後就刷刷刷的寫起了什麼。

一陣子之後，圖書館把寫好的東西拿給他們，一看之下是一份作戰計畫書。

因為地形不熟的關係，所以圖書館沒有設計出入路線，不過有些要點是無論什麼時候都能通用的，在完全沒有相關經驗的葛東眼中，這份計畫書簡直像是通往另一個世界的大門！

聯想到圖書館的任務，難道這才是她擅長的事情嗎？負責監視艾莉恩的外星人，如果只是個圖書館委員反倒很奇怪呢……

相較於葛東對計畫書嘖嘖稱奇，艾莉恩卻一反常態的完全看不進去。

作為一個資優生……至少是模擬了那麼久的資優生，艾莉恩很懂得怎麼去專心閱讀，尤其圖書館的計畫書並不長，一張Ａ４紙就是全部了。

但艾莉恩沒有辦法靜下心，閱讀是一種需要集中精神的活動，只要稍微有一點分心，文字就會立刻變得散亂，即使眼睛依然在看，事後也無法說出剛剛究竟看了什麼，她現在就是這樣的狀態。

艾莉恩的內心裡有些東西在翻滾，就像是第一次出門遠足的孩子，前一天晚上翻來覆去的失眠，雖然知道應該早點讓心情平復下來，可是做不到的事情就是做不到。如果情緒是那麼容易整理的東西，這個世界上就不會有那麼多情緒失控後犯下大錯的社會新

聞了。

「我們來分配一下任務吧。」葛東見艾莉恩的視線落到了計畫書最尾，問道：「妳們誰比較擅長使用電腦？」

在葛東的想法中，圖書館應該會舉起手來說她擅長電腦，但實際上他只見到兩個都在搖頭的女孩子。

「買不起電腦……」艾莉恩一攤手，環顧著自己破爛的房間說道。

「雖然會用，但說不上擅長。」圖書館面無表情的這麼回答。

葛東初步的打算落空了，原本是想讓兩個女孩子一起潛進陽晴家的，特別是圖書館，他可是對她抱持著很大的期望！

「好吧，那就我來吧！」

葛東重重抹了一把臉，雖然他也說不上擅長使用電腦，但在這種時候，作為領袖必須挺身而出。

至於潛入的方式倒是簡單，圖書館隨口說了一個，葛東一聽沒發現不好的地方，立刻就這麼決定下來。

※　※◆※　※

去到陽晴家的過程不多費筆墨，他們花費了一些時間才來到那個社區門口，這時已經來到下午，看著那個熟悉的警衛亭，葛東只覺得胃裡一陣空蕩蕩的。

這可不是心情形容詞，而是貨真價實的空蕩蕩。

葛東中午光忙著找圖書館、找艾莉恩，再加上商量計畫，期間只喝了一點水，沒有吃到任何固體食物。

現在不是顧慮那種小事的時候，之所以這麼急也是有另外的原因，葛東先前才賭氣說要利用陽晴，偏偏歪打正著的演變成這樣的情況，也不知道後來陽曇有沒有做出防備，趁著臨時請假的機會一鼓作氣，就是最好的行動時機！

他們先讓已經換上便服的艾莉恩出動，向警衛詢問一個根本不存在的住戶，藉此吸引對方的注意力，然後葛東彎著腰躲過警衛的視線鑽過去，潛入的計畫就這麼簡單，只要小心腳步聲……

即使是從無潛入經驗的葛東，也是很順利的通過了，艾莉恩又與警衛多說了幾句，這才裝成一臉不解的模樣離開。

艾莉恩要潛入就簡單得多，她可以從很多人類過不去的狹窄處鑽過去，也就是保全不會注意到、同時也沒有監視器的地方。

葛東停在一樓大廳，選了個不會被入口警衛亭看到的地方等著，過不了多久，艾莉恩飄然而入。

「我們走吧。」

這時的艾莉恩渾然不見在下水道時的惶然，反倒有種意氣風發的感覺。

為了避開電梯裡必定有的監視器，所以他們是走樓梯上去的……

順帶一提，原本預計要蒙面，可是艾莉恩家沒有那麼多合適的布，於是只好在路上買了幾個塑膠袋，比較厚實而且不透光的那種，在眼睛跟嘴巴的部位挖洞，套上去之後感覺超弱，一點也沒有蒙面歹徒的威嚇感，反而像是可以輕鬆打倒的樣子。

終於，他們來到了陽晴家的門前。

第七章
潛入作戰的福利？

葛東沒有陽晴她們家的鑰匙，不過要進去也非難事，只要讓艾莉恩爬窗就行了。能夠在牆面上行動的艾莉恩，在陽晴家找一扇沒有鎖的窗戶很簡單，在七樓這個正常人難以由外側攀爬上來的高度，人的警戒心自然有所放鬆。

不過這也是葛東上次去時特意觀察過才得到的結果，當時葛東還打算用比較溫和的方式來處理，倒是沒想到事情演變得那麼快，才兩、三天就已經徹底推翻之前的想法。

葛東沒有等太久，那扇緊閉的防盜門就傳來開鎖的聲音，接著艾莉恩的臉從後頭露了出來。

「很幸運，沒人在家。」艾莉恩口中說著幸運，但臉上卻沒見到開心的模樣。

「那真是太好了。」葛東沒有注意到艾莉恩的表情，如果能夠誰也不驚動到就解決那是最好不過。

雖然沒有親自走進陽晴的房間過，但分辨她們姐妹房間的位置並不困難，葛東張望幾眼就認準了地方。

一進陽晴的房間，首先見到的是兩張桌子，一張是書桌，另一張是電腦桌，兩張桌子並排在牆邊，床鋪則是擺在靠近房門的這一邊，衣櫃什麼的又在另一端。

與艾莉恩的房間比起來，陽晴的房間相當有女孩子的感覺，淺色系的床單與被套、隨處可見的小飾品，以及一些用途不明的瓶瓶罐罐……如果不是牆壁上貼著外星人海報的話，肯定是相當有女孩味的房間。

葛東只是略微感嘆一番，便趕緊坐到電腦桌前按下電源，幸運的是，陽晴的電腦設置好開機自動輸入密碼……

「唔哇……」

有使用過別人電腦的人應該知道，想從一臺陌生的電腦中找到某份資料是相當麻煩的工作，特別是對方沒有把資料夾好好做分類的時候……

葛東面對的就是這樣一臺電腦，而且她的資料夾都是英文字母加上數字作為代號，資料夾的數量相當多，乍看之下頗有些無從下手的感覺。

不過該找的還是要找，葛東無奈下只好一個個打開資料夾確認內容。

由於電腦這種東西基本只能一個人使用，艾莉恩留在房間裡也幫不上忙，於是葛東讓她去外頭把風，有圖書館在社區外、艾莉恩在社區內的雙重保險，葛東能安下心來尋找照片。

迅速的點擊著資料夾，房間裡一時只剩下電腦風扇與滑鼠按鍵的聲音，在專注的情況之下，葛東忽略了時間，直到陽晴家的大門傳來鑰匙聲，他才赫然驚醒過來，這是陽晴家有誰回來了！

雖然不知道為什麼圖書館和艾莉恩都沒有示警，但現在不是計較這種事情的時候了，他必須趕緊做出決定……

「葛東！」

說也奇怪，原本相當緊張的葛東，在聽到這聲怒喝時反倒冷靜下來，一方面是因為來不及了，另一方面則是因為回來的人是陽曇。

如果回來的人是陽父、陽母，甚至是陽晴本人，葛東都很難做出像樣的解釋，偏偏回來的是陽曇，對她好用的藉口太多了。聽出陽曇的聲音後，葛東這麼一瞬間已經想到兩個藉口了。

葛東不想讓她得知自己潛入的真正理由，於是乾脆從房間出來，嘴裡一邊說著反派般的話道：「呦，回來得真快，我還以為會到打工的時候才會見到妳……嗯？」

然而，在看到客廳的狀況時，他不由自主的停頓下來。

陽曇她穿著ＶＩＣＩ團四天王的戰鬥服……就是看起來像泳裝、非常暴露的那件。

陽曇沒有戴上面罩，也解開了馬尾讓略帶著捲曲的頭髮就這麼披散在肩膀上。或許是她曾經跟大叔抱怨過的關係，比起上次見到的戰鬥服，這一次在手腳部分增加了長袖套與過膝襪，身體的部分沒有大變動，在暴露度方面稍微有些下降，可是性感度並沒有因此減少，反而上升了一些！

「妳就穿著這個回家？」

葛東面色古怪，假如雙方立場對調的話，他是絕對不願意穿成這樣在自己家附近走動的。

「哼！」陽曇不打算回應這個問題，而是緊握著藏在鞋櫃裡的木刀，遠遠指著葛東怒道：「我就知道，你之前跟陽晴回家肯定沒有安著好心，今天那麼突然的請假就是為了這個吧！」

「請假……被發現了也沒辦法啊，倒是我很想知道妳為什麼會趕回來？」

葛東微微一愣，隨即把她的指責承擔下來，反正陽曇怎麼誤會都無所謂，不讓她知道真相也比較好辦。

要是讓陽曇知道，她妹的電腦裡就有艾莉恩的把柄，可就無法確定她會做出些什麼來了……

「我才不會告訴你，倒是你闖入我家打算做什麼！」

陽曇當天起了疑心之後，就在家門口內側裝上紅外線感應裝置，加上微型攝影機，並且將之與手機連動，這是她能知道葛東潛入的原因。

「該說哪一個比較好呢？潛入敵方人員家裡的理由要多少有多少吧？」

葛東已經無法完成刪除檔案的任務，一邊隨口拖延著陽曇，一邊尋找逃走的契機。

而陽曇手中雖然有武器，但因為在自己家裡而不敢亂揮，生怕不小心打壞東西，所謂投鼠忌器就是指這樣的情況，她一時也想不到該怎麼辦才好，只能就這麼與葛東對峙下來。

「叮鈴鈴……」

在這個雙方都有所顧忌的情況下，葛東的手機響了。

「呃，先暫停，我接一下電話？」葛東試探性的問道。

「然後讓你叫人過來幫忙嗎？」陽曇冷笑一聲，手中的木刀示威性的揮了兩下。

這柄藏在鞋櫃的木刀，是他們家用來以防萬一的，不過全家人當中，只有陽曇會把木刀拿出來玩，玩多了之後熟練度也跟著變高，揮起木刀來虎虎生風，要是打在人體上能輕易造成骨折的效果！

葛東不敢挑戰她的耐心，於是就只能眼巴巴的聽著手機鈴聲而不接，一會兒之後鈴聲中斷，卻又響起了收到訊息的提示音。

剛才鈴聲在響的時候，葛東就已經把手機拿在手中，而手機收到訊息後是會顯示開頭一小段文字的，但假如文字很短則會全部顯示出來，葛東就這麼看到了圖書館發來的示警。

「陽晴回來了。」短短五個字，葛東很自然的唸了出來。

「什麼？」陽曇下意識的就問了出來。

陽曇懷疑葛東理所當然，但葛東可不會去懷疑圖書館。對葛東來說，現在的情況可說是極為不妙，雖然下了即使動用武力也要銷毀照片的決定，但要是被她們兩姐妹一起堵在家裡……

「我們的事情等會兒再說，妳家有哪裡……」葛東話都還沒問完，大門處就再度響起鑰匙轉動的聲音！

陽曇肩膀震了一下，如果說葛東現在不想見到她的家人，那麼陽曇的心情也是一樣的，這身裝扮無論如何也不可以被家人看到！

沒有時間詢問了，葛東能依靠的只有自己先前的判斷，他轉身就跑向陽晴的房間，這是他唯一觀察過的房間，衝進去之後一個矮身，直接撲進了陽晴的床鋪底下，過程一氣呵成，毫不拖泥帶水。

陽晴的床底下沒有堆放雜物，只是有些灰塵，葛東正想把臉上沾到的東西擦乾淨，

卻感覺到一個黑影從外頭跟著竄進來，一具充滿重量感的彈性肉體，就這麼直接撞進他的懷中！

會緊追著葛東而來的只有陽曇，儘管她手中還抓著木刀，但是貼到這麼近的距離，已經無法當成武器來使用了。

「噗……妳幹嘛？」

葛東猝不及防被她擠得胸口發悶，而且他躲就算了，為什麼陽曇也要跟著鑽床底？

「我、我穿成這樣，當然也要躲……」

陽曇不想承認，她在緊張之下看到葛東跑，下意識的就跟著跑了，根本是不經過思考後的行動。

「那也不用跟著鑽進來，妳回自己房間不就好了嗎？」

葛東雖然不明白她的選擇，但依舊扭動著身體空出更多位置，以便陽曇能藏得更好一點。

「囉唆！」

陽曇被他一提醒，也覺得這是比較好的辦法，但事已至此，無法改變，只好低聲斥喝一句，隨即就不再說話了。

任何人回家開門都不會花太多時間，陽晴打開大門後第一件事就是問道：「有人在家嗎？是姐姐嗎？」

當然，躲進床底下的兩人都不會回應她，於是陽晴在客廳發了一會兒呆之後，便又自言自語的疑惑道：「明明有聽到誰在說話的……難道是靈異現象？」

接著就聽到陽晴滿屋子亂跑的腳步聲，她第一個進的是自己的房間，藏在床底下的葛東和陽曇又悄悄往內側擠去一些。

陽晴的床只是單人床，空間本來就不大，他們還不能靠近邊緣以免露出馬腳，如此一來兩人自然而然的貼得更緊。從上方往下看的話，可以看到他們像是相擁而眠的姿態，陽曇整個人幾乎要縮進葛東懷中，細細的吐息吹在他脖子根部，令葛東起了一身雞皮疙瘩。

至於頭部以下……在此之前葛東也曾經被艾莉恩撲進懷裡，但那次的衝擊力很強，

Front
Back
打工勇者
天罪 夜風

而且一下子就分開了，跟這次必須與陽曇擠在一起的情況大不相同。

陽曇的身體很軟，接觸到的部分彷彿陷在一團棉花中，有種抱著大型抱枕的感覺，但又比抱枕有彈力得多，而且暖呼呼的像個暖爐，只不過在床底下擠著這麼一會兒，葛東已經感到身上微微出汗……

陽曇的情況也好不到哪裡去，她現在無比悔恨做事不經大腦的後果，偏偏她又不能推開葛東，因為陽晴用的床單並沒有垂到地面，而是懸在一半稍微有些遮蔽，假如靠近床邊就有被她發現的可能。

如果說先前只是因為這一身四天王戰鬥服不想被家人看見，現在穿成這身跟葛東一起縮在床底下，更是怎樣都不想被陽晴發現，萬一曝光在妹妹面前……百口莫辯，只能一死！

陽晴在自己房間轉一圈又出去了，她沒有發現躲在床底下的兩人，踩著咚咚咚的腳步四處遊走，意外讓人容易掌握她的動向。

最大的危機稍微緩解，葛東和陽曇都鬆了一口氣，而陽曇更是忙不迭的拉開了與葛東的距離！

迎著陽曇憤怒的目光，葛東露出一臉無辜貌，他覺得自己很無辜，陽曇本來可以不用進來跟他一起擠的……

不過換個方向思考，要是陽曇沒有一起擠床底，而是回去自己房間的話，那麼她換好衣服之後可以輕易的揭穿葛東，把這個處境考慮進去，或許現在這樣算是相當不錯的結果？

「你這傢伙……」陽曇不敢大聲，可是那刻意壓低的聲音聽起來就彷彿犬科動物的低吼。

「等一下，我們等會兒再吵……」

葛東騰出手來拿出手機，將模式轉到靜音。

陽曇見狀也趕緊跟著拿出手機，跟著轉靜音以後又像是要開口質問的樣子，葛東連忙一把按住她的嘴。

「！」陽曇大怒，猛然撥開他的手。

「發出聲音太危險！」葛東匆匆說了自己的理由，同時把手機轉過來給她看，「這是我的號碼，用手機溝通吧！」

葛東的手機畫面上是他自己的號碼，陽曇默然一會兒勉強點點頭算是同意，於是葛東的手機通訊軟體很快就傳來某某人要加他為好友的通知。

兩人就這麼窩在陽晴的床底，在幾乎是臉貼臉的距離下，用手機彼此爭吵著……然後葛東發現陽曇輸入訊息的速度比他快得多，常常上一句話才回答到一半，後面又已經跳了好幾條出來讓他接應不暇——用手機吵架是葛東的完敗。

本來他提出用手機交流只是為了避免爭執起來忘記控制音量，進而被陽晴發現，沒想到卻是作繭自縛了。

而陽晴在屋子裡轉了一圈沒有發現，便又咚咚咚的回到自己房間。

雖然已經將手機轉為靜音模式，但手機螢幕的光源頗強，因為擔心暴露，兩人很自覺的停下了手機筆戰。

陽晴的歸來讓陽曇不得不再度與葛東緊貼，兩人的距離實在太近，要是陽曇抬起頭來瞪他，他們的鼻子就會碰在一起，為了避免這種情況，陽曇只好低下頭去，像剛才一樣面對著葛東的頸根。

——要是現在用力咬下去，就是ＶＩＣＩ團的勝利了？

陽曇觸目所及全是葛東脖子處的皮膚，腦中突然就浮現了這個想法。

葛東可不曉得陽曇腦子裡在轉這麼可怕的念頭，他強迫自己把注意力都放到床鋪外頭，也就是陽晴的身上，不過從葛東的角度只能看到陽晴的小腿以下，但之後陽晴十分不淑女的把腿盤在椅子上，就那樣開始用著電腦，所以除了她敲擊鍵盤以及點擊滑鼠的聲音以外，一時之間竟然沒有別的方式確認陽晴的存在！

「還是不行呢……」

陽晴又嘗試了一次能否將照片貼出，這已經成為她每天早上起床跟睡前的行事，不過很可惜的是一直沒有成功。

陽晴摸著摸著，逐漸沉入了電腦與網路的世界，渾然不覺身後的床鋪底下竟然藏著兩個大活人。

之前已經說過，陽晴的床是單人床，而且床單沒有落底，距離地板還有一些距離，當陽晴坐下以後，回頭能看進去的角度更深了，陽曇不得不更加往裡頭擠去，她跟葛東兩個人必須塞在半張單人床的面積。靠內側的葛東還好一點，直接靠著牆壁可以放鬆一些，但陽曇卻必須持續性的使力，這才能保持一個半抱半壓在葛東身上的位置。

除了身體上的疲勞以外，還有心理上的抗拒，陽曇相當不情願與葛東如此接近，偏偏她一開始做出錯誤的選擇後就無法回頭，只能一直在這裡擠著等到陽晴出門，她今天也要打工，至少到那個時候就能離開了！

因為不敢使用手機，擔心床底下發光被陽晴察覺，所以他們也不知道現在的時間，這樣漫無目的、不知盡頭的等待非常折磨人，再加上身處床底，通氣不好之餘也不敢大口呼吸，如此內外因素湊在一起，漸漸的陽曇頭腦開始發暈，意識也變得朦朧了起來……

「……陽曇、陽曇，醒醒！」

不知道過了多久，模模糊糊的，陽曇聽到有人在叫自己，臉頰上也有被拍打的感覺。睜開眼睛一看，出現在面前的是葛東的臉。

陽曇一驚之下連滾帶爬往後逃出好遠，然後她才發現自己已經不在陽晴的房間裡，而是在客廳的一端。

「陽晴出門了，我看妳有點暈頭，就把妳帶出來……」

葛東初發現陽曇沒反應時可是被嚇了好大一跳，要不是她呼吸心跳都還算平穩，他差點準備打一一九了。

「我暈頭了？」

陽曇對於自己怎麼到了客廳是一點印象也沒有，頭腦雖然是有點昏沉，卻也不像是曾經暈倒過的樣子。

只是，不回憶還好，一旦試圖回想，兩人擠在床底下那幕就浮現在陽曇眼前，那帶著幾分蒼白的臉色瞬間染上一抹嫣紅。

第八章 解放的艾莉恩

就在葛東這邊與陽曇糾纏不清時，到外頭把風的艾莉恩也遇上了麻煩，葛東在房間裡遇到陽曇，而她則是遇到了蒙面的大叔。

就如同陽曇一樣，大叔也穿上了那身緊身衣，面罩額頭上那個巨大的金色L字，在日光燈的照射下閃閃發光。

他們在一樓通往二樓的樓梯間相遇，大叔是專門來堵截艾莉恩的，陽曇既然能看到葛東潛入家中，自然也能看到艾莉恩走出去。

說起來，其實樓梯間並不是一個適合打鬥的地點，空間狹窄沒有進退餘地，同時高低落差明顯，雙方都不太容易搆得著對手，就徒手搏鬥而言，位於下方的那邊壓倒性的不利，人的腿部力量比手臂強三倍，而腿通常又比手長許多。

大叔的目的也不是要來與艾莉恩決鬥，他是要拖住艾莉恩，ＶＩＣＩ團這次是緊急出動，面對入侵到陽曇家裡的征服世界會，他們將自己放在了防守的立場，陽曇家就在這裡，拖延時間對他們有利。

對於艾莉恩而言，在這裡見到ＶＩＣＩ團是很意外的一件事，但這不妨礙她做出戒備反應。兩人分別站在樓梯轉角平臺，中間隔著半層樓互相對峙著。

「你們為什麼是進攻這裡呢？」大叔見到艾莉恩在這裡，忍不住內心的疑惑問道。

陽曇匆匆拉著大叔過來，說是葛東入侵她家的時候，大叔還抱著這也許是個誤會的念頭，可是他在這裡見到了頭上套著不透光塑膠袋的艾莉恩，就像葛東能輕易認出蒙了面的大叔，大叔也能輕易認出套著塑膠袋的艾莉恩。

艾莉恩完全沒有要回答的意思，她見到敵人，只覺得渾身彷彿沸騰了，經過恐懼與不安的逼迫，長年學習到的「人類做法」被壓縮，隱藏起來的天性悄悄展露了觸角，本能如同爆發一般支配了她的內心！

也不見艾莉恩做出準備姿勢，只是腳尖一點就從樓梯間平臺撲了下來！

因為樓梯間轉角空間狹小，大叔暗罵一聲往旁邊讓開，同時揮拳向半空中的艾莉恩打去！

人一旦跳起來就無法再轉移方向了，所以在格鬥賽場上，除非十拿九穩，否則極少見到跳起來的攻擊。

大叔也是這麼想的，因此他揮拳的時候還悄悄感嘆著艾莉恩的經驗終究缺乏了些……

但是，大叔忽略了這裡是狹窄的樓梯間，而不是寬廣的格鬥場！

艾莉恩在空中一踏牆，輕巧的改變方向，大叔一拳揮空，眼角見到一道黑影往腦袋揮來，下意識的一抬手，正好迎上她甩過來的肘擊，強大的衝擊力令大叔上半身不由得一歪，緊接而來的第二道攻擊也只能以同樣的方式硬擋下來。

大叔被堵在牆角承受猛烈的攻擊，只能抬起雙手護住頭臉，恍惚間彷彿回到了過去剛學拳擊的時候，與比自己強許多的傢伙打練習賽時，也是像現在這樣只有招架之力而沒辦法反擊。

只是，艾莉恩手上可沒有拳擊手套那麼溫柔的東西，也不知道她那看起來白嫩嫩的拳頭是怎麼回事，打在身上彷彿利刃一般的疼！

大叔已經不是當年的拳擊菜鳥，他雖然被堵在牆角，眼睛卻一直沒有放鬆過觀察。

艾莉恩沒有練習過任何格鬥的技巧，一些出手的動作都顯得過大，只是因為她的速度很快，大叔才一直沒有貿然反擊。

艾莉恩雖然一時壓制大叔，但這樣的高速無法長時間保持，只不過是收回拳頭的動作稍微慢了一絲，大叔的拳頭便猛然揮了過來！

雖然是掌握著時機打出的反擊，但在艾莉恩急速的反應之下沒有擊中，隨即她再次揮拳過來，也被大叔輕易的擋開了。

快拳對快拳，他們就在樓梯間轉角這樣狹小的平臺互相搏鬥，這樣的戰鬥對艾莉恩是很吃虧的，她的體重比大叔輕很多，而且也沒有學習過任何格鬥技巧，只能憑藉著高速反應折騰，很快就被大叔把局勢扳了過去。

艾莉恩的動作雖快，但樓梯間轉角平臺實在太狹窄，大叔一跨步就能覆蓋整個空間，漸漸的艾莉恩被他逼到角落去。一個拳擊手將對方逼到角落，就有許多手段可以對付敵人，不像剛才艾莉恩那樣只會出猛力毆打。

但是艾莉恩的身體柔軟性比大叔好很多……

或者那不應該叫柔軟性，而是直稱柔軟比較妥當，她能夠以人類無法做到的姿勢迴避攻擊，這點頗讓大叔無所適從。畢竟拳擊是一種以人類為對象的格鬥技巧，一旦對方做出並非人類的動作，大叔就只能依靠當下的反應來面對。

不過，這種迴避並不是萬能的，艾莉恩終究無法將自己變成氣體，只要還有實體就無法完全避免！

「砰！」

大叔一個左勾拳打在艾莉恩腹側，這是全無留手的一拳，但是打到艾莉恩身上卻發出不像是擊中肉體的聲音，反倒像是打在什麼堅硬的物體上。

因為手感很奇妙，大叔有那麼一瞬間的愣神，這給了艾莉恩脫逃的機會。

只見她又是一個跳躍，宛如電影那般在狹窄的樓梯間左右彈跳，艾莉恩一口氣拉開了與大叔的距離，重新回到動手之前的位置。

大叔沒有追擊，先前被艾莉恩痛毆也不是沒有造成影響，他強忍著身體傳來的痛楚與麻痺，裝成一副若無其事的模樣開口道：「如何，妳應該知道正面對戰，我們是很難分出勝負的吧？」

「這次不一樣了！」

艾莉恩冷哼了一聲，腦海裡回憶著剛才的打鬥。

雙方各自抱著不同的心思，卻是不約而同的回到對峙狀態，大叔固然是希望繼續拖延下去，就算要打，也需要給剛剛挨了一頓猛揍的身體一段時間恢復。

而艾莉恩則是進入了奇妙的狀態，她感覺自己的身體變輕了，肌膚能清晰感受到空氣的流動，一陣腥甜的氣味縈繞在鼻端，大叔一些細微的舉動輕易就能察覺。

這種簡直像是武俠小說功力大進的感受，艾莉恩也不明白是怎麼回事……

但是，感覺良好！

沒錯，身上這些奇妙的體驗，艾莉恩感到十分愉快，全身上下的細胞都彷彿在催促她繼續動手，將眼前的敵人消滅，把他變成養分、變成征服世界的起點……

與此同時，腦袋上蓋著的塑膠袋變得那麼難以忍受！

艾莉恩伸手摘下了塑膠袋，於是剛剛那股吸引她的氣味更加濃郁了，她不自覺的去尋找氣味的來源，結果發現是在自己的左手中指關節上。

是一絲血痕，非常淡，如果不是聞到味道，恐怕不會那麼容易發現，可能是剛才與大叔的攻防戰，不曉得擦破了他哪塊皮所留下來的痕跡。

艾莉恩不是沒有聞過血液的味道，卻從來沒有像現在這樣覺得這股氣味如此誘人，到底是怎麼了呢？

「好像不太妙啊……」

艾莉恩自己沒有發覺，但是與她對峙的大叔可是看得很清楚，艾莉恩在笑，並不是那種溫柔和善的笑容，而是露出牙齒，嘴角往後拖得很深，可謂是猙獰的笑容。

大叔學過拳擊，評估對手的直覺比較靈敏，艾莉恩的笑容令他寒毛直豎，那其中包含的絕非善意，甚至也不是遇到強敵時可以一戰的興奮昂揚，彷彿全身的神經都在對大叔呼喊著要他快點逃跑！

而大叔的確這麼做了，除去察覺到危機的這個理由，也有待在狹窄的地方對他不利的因素。

至少大叔是這樣說服自己的！

只要越過一截樓梯，就能離開樓梯間來到一樓大廳，乍看之下近在咫尺，但就在大叔伸手推向防火門橫桿的時候，一道銳利的影子橫切過來，大叔忙一縮手，黑影斜斜削過拳套一角，那皮質的外皮輕易裂開，露出裡面的白色填充物。

扭頭一看，只見艾莉恩的左手前端細化如刀刃，中段則彷彿沒有骨頭，像是鑲著刀刃的鞭子一般，剛才的攻擊就是從艾莉恩手上甩出來的！

「好久沒見到妳這副模樣，為什麼突然想開了？」

大叔雖然被逼得縮手，但人已經在門邊，他不覺得在這個距離，艾莉恩還有辦法阻止他離開，因此大叔並不太顯得緊張。

「感謝會長吧，是他的努力，才讓你們能存活到今天。」

艾莉恩像是有恃無恐、正在玩弄獵物的貓，一階一階的沿著樓梯向下。

然後她停在了一、二樓間的轉角，也是大叔內心劃下的最終防線，假如艾莉恩越過那條線，大叔就會立刻放棄對話從這裡退出去。

「似乎我一直太小看他了，本來以為主事的是妳呢。」大叔警戒著的同時，順便做了一個試探。

「會長他雖然有些天真的地方，不過很值得期待。」艾莉恩說話間，另一隻手臂變成了野獸一般的爪子。

儘管已經見識過艾莉恩變化肢體的能力，但一個漂亮的女孩子就在面前變成異形，雙手一隻粗壯、一隻細長，大叔依然難以控制住內心蔓延上來的詭異，額頭一片汗津津的，那個金色的L字也因為吸了太多汗水而變得暗淡許多。

即使如此，大叔依然逞強的問道：「不繼續偽裝成人類了嗎？」

「今天可不一樣，我得到了允許。」

艾莉恩微瞇著眼睛，如墨的眼眸中閃爍著危險的光芒。

「打算一口氣分出勝負嗎？」

大叔趕來這裡的理由是陽曇家遭到入侵，從目前所得到的些微線索當中，似乎顯示著葛東打算與VICI團全面對決了？

「如果可以的話也不錯，雖然禁令姑且解除了，不過我在這邊還是再問一次吧，V

ＩＣＩ團願意投降嗎？」

艾莉恩威嚇般的揮舞著左臂，那呼嘯的破空聲，令大叔對他能全身而退的估計不是那麼確信了。

「你們並沒有掌握著無法逆轉的優勢，相反的由於妳顯得這麼著急，好像發生了什麼對征服世界會不利的事情？」

大叔比他外表所顯示出來的要精明許多，儘管對於他們的目的判斷錯誤，卻從對方的言行中察覺到一部分的真相。

「哼！」

艾莉恩的笑容消失了，大叔的話成為提醒，她並沒有太多時間可以在這裡浪費。沒有明確的信號，艾莉恩只是稍稍彎下了腰，大叔就知道艾莉恩又要展開攻擊。

如果說先前以人類型態對戰，他多少還能占到一點上風的話，那麼現在要對付放下偽裝、以更加適合戰鬥姿態示人的艾莉恩，大叔並沒有太多的自信。

就在大叔努力思考該怎麼擺脫眼前困境的時候，他身邊的防火門發出喀嚓一聲，被人從外頭推了開來。

艾莉恩和大叔之間劍拔弩張的氣勢一下子全往防火門外湧去，即使大敵當前，兩人的視線也不由得往門外瞥了一眼。

推門的人是位陌生的中年婦女，從她輕便的穿著與手上挽著的購物袋，不難猜出她是這個社區的住戶，或許是因為住的樓層比較低，所以才沒有乘坐電梯而是選擇了走樓梯下樓。

放在平常，這選擇是值得稱讚的節能環保，但偏偏今天遇到有人在樓梯間裡鬥爭，於是就受到牽連。

婦人一開始先是看到穿著緊身衣的大叔，這已經使她產生了很大的遲疑，然後她才注意到站在半截樓梯上、那個雙手都已經異形化的女孩。

「咿！」

看清艾莉恩模樣的婦人發出悲鳴，跌跌撞撞的往外頭逃去。

如果只有大叔，或許還勉強能夠接受，畢竟緊身衣加上面罩的打扮也會在美式英雄

電影裡出現；但要是加上一個雙手明顯已非人形的艾莉恩，就遠遠超過一般人的心理負擔極限了。

艾莉恩失去了從容不迫的態度，左手一揮，那異化的手部尖刃便往婦人背心而去！帶著殺意的一擊，大叔想也不想，一拳便把艾莉恩的揮擊打開了。

「你！」

艾莉恩忿然，她原本就因為照片的事情心煩意亂，現在又多了一個目擊者！

「我可做不到見死不救這種事。」

大叔出手完全是下意識的行為，阻止之後才意識到，有一個目擊者可能會對艾莉恩造成怎樣的麻煩。

然而，大叔並不後悔，就算扣掉艾莉恩身為敵人的因素，救人一直都不是應該後悔的要素之一。

只是稍微有點困擾的是，他必須面對艾莉恩的怒火，從剛剛那次出手的果決來看，已經不是那種彼此都留有餘地，像是套招一般的你來我往了……

正當大叔全心做好準備，要承受艾莉恩接下來的雷霆一擊時，卻見到艾莉恩沒有要攻擊的動作，反而把兩條手臂都變回人類的模樣。

「放棄了嗎？」

大叔沒有放鬆架式。

「只是突然發現，在這裡糾纏沒有意義而已。」

艾莉恩轉身離開，因為大叔堵住一樓的出入口，所以她往上從二樓的門口離開。

喀嗒喀嗒的腳步聲，隨著防火門關上而被隔絕在樓梯間之外，大叔憋著的那口氣終於鬆掉，一時之間竟覺得有幾分脫力，與艾莉恩的交手很短暫，卻足夠激烈，還有一些精神上的壓迫，面對異形生物的緊張感非同小可。

而那位婦人受到刺激，一路尖叫著衝出社區中庭，已經隱隱聽見警衛趕來詢問的聲音，大叔可不想在這裡被糾纏，他也匆忙動身，前往陽曇家所在的七樓。

※　　※◆※　　※

原以為艾莉恩做出那樣的態度，葛東這邊恐怕也會打得腥風血雨，大叔也擔心陽曇一個女孩子出什麼差錯，不料等他趕到陽曇家裡，見到的卻是陽曇對著葛東大發脾氣的場面。

雖然說不上十分和諧，但卻是大叔比較習慣的相處方式，剛才艾莉恩那般生死相搏的決心就像是假的一般。

第九章 艾莉恩的危險狀態

葛東把半昏迷狀態的陽曇搬出房間後，突然想到其實他根本不用去找出照片的位置，只要把所有的照片資料夾統統刪除就可以了！

想通了這點的葛東只覺得先前坐在那邊浪費時間真是白痴，不過在刪掉所有的資料夾之前，葛東先把這些資料夾統統備份起來，打算事後確認一番，把與艾莉恩無關的照片統統還給陽晴。

感謝科技的進步，所以葛東的手機有足夠的空間裝下壓縮後的照片，然後他才去叫醒陽曇。

醒過來的陽曇惱羞成怒，就這麼半躺在沙發上伸出手，抓著葛東的衣領不肯放開，好像要直接掐死他一樣，而葛東奮力抵抗著，大叔進來時見到的就是這樣一副和平歡樂的景象。

……好吧，並不怎麼和平，但至少挺歡樂的不是嗎？

對於大叔而言是歡樂的場景，不過站在葛東的立場就不是那樣了，與陽曇糾纏的時候他還能輕鬆以對，但是加上大叔就遠遠不是對手了。

也不用親自體驗，只要看看大叔那粗壯的手臂，再看看自己那小胳膊小腿，以及回憶一下大叔與艾莉恩交手的情況，戰鬥力等級的差距已經十分明顯，要是妄想對抗恐怕會吃到不少苦頭。

一念及此，葛東非常沒用的說道：「我投降。」

大叔趕上來原本是擔心陽曇吃虧，沒想到葛東一見到自己就放棄，跟剛才艾莉恩所展現出來的決心落差極大，不像是打算一口氣吃掉ＶＩＣＩ團的樣子。

「投降？」陽曇幾乎要跳起來，氣沖沖的問道：「學校的地盤已經換給我們了，你還能拿什麼出來？」

「啊哈哈哈……」

葛東乾巴巴的笑著，解決了照片之後，他的心情放鬆許多，已經有與ＶＩＣＩ團裝傻的餘地了。

大叔揮手阻止了陽曇繼續吵鬧，然後來到沙發的一端坐下，讓疲憊的身體放鬆一些，又隨手摘下面罩，深呼吸幾口沒有受到阻礙的空氣，這才問道：「你們家艾莉恩是怎麼回事？」

「艾莉恩？」葛東聽大叔的語氣不對勁，便收斂了胡鬧的態度，反問道：「發生什麼事了，你們碰見了？」

「在樓梯間，差點被她殺掉呢。」大叔心有餘悸的說道。

這並不是誇大，在艾莉恩展示出非人形態後，大叔毫不懷疑要是當時自己露出鬆懈的模樣，她立刻會一刀斬來。這點從那個無辜婦人的遭遇就可以理解了，艾莉恩絕對是認真的！

聽大叔把樓梯間的遭遇說完，葛東失去了那股餘裕，忙說道：「我們的事情等會兒再算，我得先打個電話。」

「去吧。」

大叔再度阻止又要跳起來的陽曇，他開始感覺到葛東跟艾莉恩之間似乎存在著分歧，本來以為只是積極與否的差別，但現在看起來是更加基礎的問題。

葛東走到客廳一角，只是稍微拉開距離，並沒有隔絕聲音的作用，接著就拿起手機撥打給圖書館。

「首領，為什麼要跟他妥協！」

陽曇壓不住情緒，除了一直以來的敵對效應，更有在陽晴床底下的新仇恨。

「艾莉恩好像出了什麼問題，讓他去處理一下吧，也許對我們來說是一件好事。」

大叔把體重全部沉在沙發裡頭，吸附在緊身衣上的汗水讓他有點不舒服。

「為什麼？艾莉恩是敵人，讓他解決了不是更麻煩嗎？」

陽曇沒有遇到現在的艾莉恩，自然也無法理解大叔的意思。

好在她聽得進去大叔的話，既然大叔都這麼說了，陽曇也就不再吵鬧，但是望向葛東的眼神依然惡狠狠的！

而葛東這邊打電話給圖書館，他們交談得很快，得知了艾莉恩依然在這個社區裡頭，並沒有移動，似乎是潛伏起來了。

「這次失敗我會記得的，你們事後要價可別要得太狠啊……」葛東匆匆向兩人交代了幾句，就趕往艾莉恩所在的位置了。

大叔沒有攔他，只是點點頭表示自己知道了，隨即跟陽曇都換掉緊身衣，改頭換面變回了普通人。

對著穿回便服的陽曇，大叔提議道：「走吧，我們去看看熱鬧。」

大叔的意思不是去跟蹤葛東，而是逃跑的那位婦人正在中庭哭叫不休，聲音都傳到七樓來了。

對於大叔而言只是熱鬧的事情，在葛東眼中就完全不同，婦人說著她在樓梯間遇到了怪物，警衛們去檢查之後沒有結果，但婦人卻不依不撓的吵鬧著。

眼看著旁邊看熱鬧的人越來越多，葛東匆忙走向艾莉恩隱藏的地點……

※　※◆※　※

陽曇家這邊，作為一個高級社區，一樓中庭有個公用廣場，四周有林木造景。依照一般的想法，這種造景環境不可能藏得下人，可是圖書館告訴葛東，艾莉恩就躲藏在那裡面。

葛東走向造景時什麼也沒看見，那可是一個大活人，躲在這種一眼可以看個通透的稀疏花草間，怎麼可能不被發現……

「葛東。」

葛東正想著，艾莉恩突然就出現在他面前。

艾莉恩出現得非常自然，就好像是從這些造景中站起身來似的，可是在她動身之前，葛東完全沒有發現她的身影。

不，就算是已經現身的現在，葛東也沒看清楚她到底是從哪邊冒出來的。

「我那邊跟……ＶＩＣＩ團的闇遭遇了，妳這邊怎麼樣？」

葛東見她不像大叔那麼狼狽，懸著的一顆心稍微放回肚子裡頭。

「我這邊遇到ＶＩＣＩ團的首領……有點大意了，被這裡的居民看到部分變形的樣子，正在尋找解決目擊者的機會。」艾莉恩回答著葛東的問題，目光卻不時往吵鬧的中心望去。

艾莉恩被看到的事情，葛東已經聽大叔說過了，雖然知道了理由，但艾莉恩這樣輕描淡寫說要解決目擊者的態度，依然讓葛東感到不寒而慄。

她的口吻十分平淡，偏偏正是如此才令人恐懼。

人類雖然一直以來都有自相殘殺的傾向，但那或是因為仇恨、或是利益、或是感情糾葛……

總之，人類在彼此殺戮的時候，都是抱持著激烈的情感或欲望，那種能平靜殺人的傢伙，都會被冠上冷血、冷酷這樣的標籤。

「不用在意那點小事，她沒有任何證據，最後只會化為鬼故事一樣的傳言而已。」葛東害怕她真的找到出手機會，趕緊轉移話題道：「照片已經順利處理掉了，不要額外再製造更多的問題！」

平常葛東說些什麼，艾莉恩總是很快的做出回答，無論答應或者反對，但是這次卻意外的思考了好一陣子，這才點點頭，說道：「現在的確不是時候。」

葛東沒有注意到她言語中的含意，匆匆拉著艾莉恩離開這個社區。

※　※◆※　※

在中庭的婦人吵鬧不休吸引了許多人注意的同時，葛東與艾莉恩是從社區內部往外走，相應的防範力減輕很多，他們沒有受到任何阻攔就走出社區外，而不遠處圖書館的身影出現在那裡。

「我們先找個地方吃飯，有什麼事情一邊吃一邊說吧。」

葛東中午就沒吃，摸混到這個時候，中間又經歷了與陽曇的鬥爭，很少餓肚子的他現在胃已經有點發疼了。

此時天色將晚，偏偏又還沒有到晚餐時段，只好找一間便利商店進去，隨便買些冷凍速食就在用餐區吃了起來。

葛東一邊吃一邊把陽曇家的事情如實說出，就連跟陽曇一起躲在床底下的事情也沒有隱瞞。如此一來，艾莉恩就產生了很多疑問，像是ＶＩＣＩ團來這裡的理由，以及原來這邊是陽晴家之類的問題……

「也就是說，我的照片是陽晴拍到的，而她住在這個社區正好是ＶＩＣＩ團的勢力範圍，所以才被利用來威脅我嗎？」

艾莉恩依據僅有的線索，自然而然的推導出這樣的結論。

知曉所有真相的葛東不由得讚嘆，換成是他恐怕就沒辦法像艾莉恩一樣把這些破碎的線索串在一起。

讚嘆歸讚嘆，該做的事情也不能落下，首先要做的就是把事件定調，葛東在心裡組織了一下詞句，說道：「那麼，這次的危機就到此結束了，之前提過不惜動用武力的決定，現在也應該要取消……」

再次的，艾莉恩沒有立刻做出回覆，而是望著眼前的冷凍食品，嘴裡緩慢的嚼著，似乎在發呆的模樣。

「艾莉恩？」葛東看著她那副模樣不由得有些心慌，忍不住出言催促一聲。

「嗯？」艾莉恩抬起頭來，眸子像是沒有聚焦般遊晃了一陣子，然後才匯集起來，問道：「剛剛說了什麼？」

對於艾莉恩這樣精神不集中的模樣，葛東感到幾分異樣，於是把剛才的決定再次複述一遍之後，又追問道：「妳還好嗎？」

「我沒事，就是一天下來事情很多，有點疲倦了。」

艾莉恩輕輕的搖了搖頭，烏黑的髮絲也隨之一陣擺動。

說到疲倦，葛東也相當疲倦了，從中午開始就精神緊張的東奔西跑，加上太久沒進食，驟然吃了東西，眼皮似乎變得沉重許多。

因為已經把陽晴電腦裡的照片都刪掉了，與其說是徹底解決這次的事情，倒不如說是把爆發點延後了，陽晴手邊的那臺相機裡還有照片的備份，除非葛東再去把那臺相機搶來……

原本他也是這麼打算的，不過在刪掉陽晴電腦裡的照片之後，他突然又有了別的想法出現。

那些想法沒必要現在說出來，葛東稍微叮嚀了幾句，那種吃過飯之後的倦怠感，雖然不至於讓他無法支持下去，卻也削弱了他的觀察與思考能力——葛東沒有發現到，艾莉恩一直沒有答覆他關於終止使用武力的話題。

約好明天就重新開始打工，征服世界會的臨時聚會也差不多到了該解散的時候，葛東頭昏腦脹的走出便利商店，簡單與艾莉恩道別之後，便轉身走上回家的方向。

但是，葛東今天似乎注定行事不順，他走沒多遠，就被人攔下來。攔他的人是圖書館，也不知道她是怎麼搶到葛東前頭的，突然就從一條巷子裡竄出來，擋在葛東的面前。

「怎麼了嗎？」葛東見到是圖書館，頓時有了不好的預感。

「有很重要的事情要說。」

圖書館不由分說的拉住他的袖子，就往一旁她剛走出來的巷子鑽去。

這是一條防火巷，狹窄不說，也沒有路燈，唯一的光源是從兩旁人家窗戶中洩漏出來的一絲日光燈，行走在其中，圖書館只剩下一個模模糊糊的輪廓。

「艾莉恩的情況很不妙。」圖書館開門見山的說道。

「艾莉恩……她怎麼了？」葛東一聽到與艾莉恩有關，頓時打起了精神。

「她似乎開始找回一些本能了，就是我曾經說過的，使我來到這裡的理由，艾莉恩有可能覺醒了一部分。」

圖書館身上映照著一旁窗戶漏出來的光亮，只有眼鏡閃閃發著光。

「妳是說……」

葛東當然沒有忘記，任何人突然被當面說了一通世界末日之類的東西，恐怕都會印象深刻的記住好一陣子吧？

「原本艾莉恩一直偽裝成人類，教育與生活都接受著人類的價值觀，如果一生都這麼度過，也許就能避免危險的發生，可是……」

圖書館說到這裡停頓一下，葛東感覺她的視線在自己臉上轉了一圈，然後才聽圖書館繼續說道：「但是你出現了，並且與ＶＩＣＩ團展開了鬥爭，這使得艾莉恩有很多動手的機會，而她似乎覺醒了一部分的本能。」

圖書館才這麼一提，葛東立刻想起來自己受到震懾的事情。

——那就是本能覺醒嗎？

雖然沒有證據，但葛東內心裡已經這麼認為了。

「所以，妳是想說艾莉恩現在……攻擊性增強了？」葛東神色凝重的問道。

「不只是攻擊性增強了，之前她跑進下水道也是，這不是心情不好跑去躲起來的問題，那種環境是最適合她的，如果我們去得再晚一點，她可能就會開始大量產卵，接著就是我跟你描述過的世界末日。」

圖書館緩緩說著很恐怖的事情，更恐怖的是葛東竟然無法反駁。

一方面是因為圖書館身為外星觀察員，提出來的見解非常具有說服力；另一方面也是葛東對艾莉恩的另一番面貌認識不足，就像跟陽晴說的那樣，即使已經見到那麼多，他腦中的艾莉恩依然是那個同班三個學期的班長。

「但是我們解決了眼前的危機，所以讓艾莉恩感到不安的狀況已經不存在了。」葛東一邊考慮著現狀，一邊小心翼翼的回答道：「只要我們稍微忍耐，這一段時間內都不

要再與VICI團起衝突，這樣可以讓艾莉恩回到原來的樣子嗎？」

「本能這種東西，一旦釋放出來就很難再收回去了，而她今天的表現也很好的證明了這一點，艾莉恩品嘗過狩獵的滋味以後，我不確定……」圖書館沒有繼續說下去，但她的意思表達得足夠明白了。

這的確是個難解的問題，葛東認真思考了之後，說道：「艾莉恩現在依然十分遵守我的指示，有沒有可能依靠這點，讓她重新回到普通的生活中來？」

「我們所掌握到的情報也十分稀少，作為監視者的立場我很想說可以試試看；但是作為同伴的立場，我覺得那樣的嘗試相當危險，要是一個不小心，就會演變成我們曾經見到過的那樣。」圖書館頓了一頓，眼睛中射出前所未有的強烈光芒，問道：「或者，你有冒者將全人類拖下水的風險，依然繼續相信艾莉恩的勇氣？」

「真是卑鄙啊，這種問法……」

葛東發出了長長的嘆息，要說相信艾莉恩，他可以毫不猶豫的說出依然相信，但這份信賴能不能拿來跟人類的安危相比？

將全人類的安危放在天平的一端，不管在另一端放上什麼，恐怕都無法壓過去，甚至持平的選項都找不到……當然，這是以理性考量而言，算上感性思維的話就會有各式各樣的答案。

「這不是卑鄙，而是擺放在面前的現實。」圖書館步步緊逼，不給葛東任何喘息的空間，又繼續說道：「你必須及早做出選擇，拖延只會讓情況變得更糟，期望事情自己往好的方向轉變是不切實際的，那樣的夢還是在睡覺的時候做就好了。」

「妳今天特別的嚴苛啊……」

葛東此時的感覺就像是正在被師長責備一般，雖然不是沒有反對意見，卻感到無從開口。

比如，圖書館提說的這些可能性，都是她自己的推論，而這些推論則是從那僅有一次的觀察經驗中得來的結果，並且她自己也承認，艾莉恩的情況算是比較特別，諸如此類……

「只是稍微讓你知道一下危險性。」圖書館沒有繼續追擊下去的意思，問道：「那

麼你打算怎麼做呢？」

「我……」葛東遲疑了一會兒，腦中閃過很多回憶片段，最後還是說道：「我先勸說一下艾莉恩看看效果，如果不行的話……妳有什麼建議？」

「你記得ＥＬＡ嗎？」圖書館不答反問道。

「什麼ＥＬＡ？」

「就是我們第一次見面的時候，我給你看的那份文書，最後面寫著的東西。」

葛東記得跟圖書館第一次見面的場景，也確實記得有這麼一份東西，但上面的內容已經忘光了，因此露出了迷惑的表情。

「我就再說一次吧。」圖書館不受黑暗影響，見到葛東的模樣後開始說道：「外星生命管理局，全稱 Extraterrestrial Life Authority，簡稱ＥＬＡ，是人類成立應對外星生命帶來各式各樣問題的組織，如果你有需要的話可以去聯絡他們。」

按照圖書館的介紹，葛東不由自主的想起某部老電影，穿著黑西裝的二人組拿著記憶消除裝置，到處擺平外星人製造的麻煩……

「ＥＬＡ並不是你想像中的那種組織。」圖書館彷彿看穿了他內心似的，出聲打斷葛東的妄想。

第十章
被發現的VICI團

做出暫且先試著說服艾莉恩的決定後，圖書館就心安理得的回去了，而葛東也總算回到家，這時吃飽之後的疲倦感已經消散，反倒因為血糖充足而精神奕奕。

那麼首先，葛東先撥響了紅鈴的號碼，這次倒是很快就接了起來。

「喂……」

電話那端的聲音顯得相當沙啞，儘管並非當面交談，但是那股濃濃疲倦的味道依舊撲面而來，葛東似乎能輕易想像出掛著濃厚黑眼圈的紅鈴。

「妳還好吧？」

儘管有很多事情想問，但是聽到這樣的聲音，葛東卻覺得還是先確認對方有沒有辦法正常交談才好。

「沒事……只是熬夜了而已。」紅鈴的回答伴隨著拍打臉頰的聲音，很快就振作起來，提高了音量道：「突然打電話來，有什麼事嗎？」

「只是想問問妳們消除照片的工作做得怎麼樣了？」葛東盡量讓語氣顯得平和，然而他的嘴角卻不由自主的帶上一絲笑意。

「哼，拜某人之賜，我們這邊已經連續趕工好幾天了，就連……沒、就連最初預計那個一個月的時間，也早就遠遠超過進度，儘管無法肯定能提前多久。」

紅鈴差點把修理ＦＲ—０３延後的事情脫口而出，幸好最後一刻踩下了煞車。

ＦＲ—０３的修理進度是保密事項，絕對不能讓葛東知道！

「能有一個比較確切的時間嗎？有沒有辦法在寒假結束之前完成？」

葛東其實不在意那個機器人，他只是關心著自己的計畫。

「我沒辦法保證什麼，這種東西開發的過程中總是會有各式各樣的問題，就算現在進展順利，也不能說不會突然遇到什麼問題，特別是在目前這種連夜趕工的情況下。」

紅鈴一番解釋後又補充道：「不過就算一切順利，也沒辦法在寒假結束之前完成。」

葛東也不失望，退而求其次的問道：「那麼妳們有簡易版的程式嗎？裝到電腦裡之後，可以把那臺電腦，還有連線裝置中跟那次事件有關的照片全部消除的？」

「那種程式我手邊就有，現在就可以發給你。」

紅鈴回答得很輕鬆，刪除照片的程式老早就完成了，她們現在努力的方向是將這個程式覆蓋網路，以最快的速度擴散出去，這才是困難的地方。

很快，葛東的手機就傳來收到郵件的提示音，一看寄件人是紅鈴，葛東也不想馬上打開，擔心作用起得太快，把他手機裡的備份照片也刪掉了。

那些照片葛東打算利用一下，於是他坐到客廳的電腦前，下載了試用版的修圖軟體，然後把那張問題照片讀取進去，接著就開始修圖。

葛東沒有用過修圖軟體，所以他修起圖來破綻百出，誰都能輕易看出這張照片被修改過了。

但他的目的也正是如此，反正沒辦法把圖修得天衣無縫，那就反其道而行，把圖弄得到處都是修圖破綻，讓這張照片就算被別人看到了，也不會把艾莉恩的姿態當真。

雖然說跟紅鈴要來的程式，也會把這張修過的照片一併刪除，使得葛東現在做的事情好像白費功夫一樣，不過這是葛東做的一個保險，他無法確定陽晴手中的照片只有數位相機那一份，如果有用隨身碟一類的東西備份的話……

不，那種可能性很高，而葛東今天刪除她電腦檔案的舉動，冷靜下來想想並不是很明智的做法，正是因為意識到了這點，所以葛東試圖進行補救的動作。

葛東忙碌之餘，卻也對某件事情感到奇怪。陽晴一直到現在都沒有聯絡，他本來以為她回家之後發現照片全部被刪除，會很緊張的立刻打電話過來……

葛東瞥了一眼右下角的時鐘，不知不覺已經來到九點多，難道陽晴這個時間還沒有回家嗎？

不過想到上次陽晴跑來家裡，直接待到半夜才被葛東送回去的經歷，或許這才是她的常態？

葛東一邊修圖，一邊查詢修圖軟體的新手教學，儘管是要弄出破綻明顯的照片，但也不能太過明顯到隨便用粗紅線畫上去的程度。

弄了老半天，總算是達到心目中的水準，也就是普通人稍微仔細一點看就能發現破綻的程度。

「現在的修圖軟體真是厲害啊，連我這樣的新手都能做到這種程度，要是再仔細學習一下，說不定很快就能弄出以假亂真的東西來……」

葛東看著照片的成品，不由得冒出一種奇妙的想法。

其實，葛東就算什麼也不做也不會有問題的吧？

比起相信艾莉恩是外星種族，相信照片被修圖軟體改造過反而更容易。

科技進步果然是一件好事，雖然用來作惡的手法變多了，但是相對的也會讓人更不容易相信那些太過離奇的東西，大概是好事吧……

※　※◆※　※

在各種各樣的思緒中，這紛亂的一天悄悄過去，到了第二天，提心吊膽的葛東來到VICI咖啡，結果艾莉恩若無其事的出現了，看著與過去沒有兩樣的她，葛東大大的鬆了一口氣，至少情況沒有繼續惡化下去不是嗎？

在員工休息室中，葛東再次跟她強調了回到先前的不殺傷原則。

「我們的危機還沒有解除不是嗎？」艾莉恩卻對此提出異議，說道：「我們雖然刪

除了陽晴電腦裡的照片，但是既然照片已經被ＶＩＣＩ團利用來威嚇我了，那麼在完全擊破ＶＩＣＩ團之前，都不能說出事件已經結束了這種話吧？」

艾莉恩一番分析說得葛東啞口無言，他昨天並沒有深思艾莉恩那個推論所帶來的後果，而現在這股苦澀便在葛東口中慢慢擴散開來。

果然還是太大意了，當時光顧著佩服艾莉恩的推理，以及慶幸可以有個方便的解釋，卻忽略了認可那個解釋的話，就應該要做出相應的行動；偏偏那個解釋與事實有許多偏差，這就造成艾莉恩認知中應該要採取行動，與葛東覺得可以就這麼過去的差別。

就在葛東絞盡腦汁著要想出一個說法時，一道冷哼從休息室門口處傳來。

「這麼輕易的就說要擊破我們，也太有自信了吧，明明昨天投降的帳還沒算呢！」

從門口傳來的那個聲音，使葛東彷彿被一根冰柱刺穿了脊椎，並不是因為他們的談話被聽去，而是因為在門口插嘴的人是陽曇。

「擊破……你們？」

艾莉恩轉頭望向休息室門口，已經換好服務生制服的陽曇氣勢洶洶的站在那兒。

「別再裝傻了，剛剛不是還大言不慚的說要擊破ＶＩＣＩ團嗎？我的耳朵可沒有生鏽呢！」

陽曇家裡遭到入侵，正是火氣旺盛的時候，又恰好聽到艾莉恩的發言，一直壓抑至今的怒氣終於爆發了。

「等一下、妳們都冷靜點啊！」

葛東慌忙想阻止這場戰爭，然而在女性對峙起來的時候，男性的勸阻通常是一點意義也沒有。

「ＶＩＣＩ團……你們……」

艾莉恩站起來，她不知道這家店的真相，不像其他人是揣著明白裝糊塗，對於這樣突如其來揭開真相的行為，艾莉恩在震驚之餘也感到豁然開朗，陽曇洩漏出的情報已經足夠多了，足夠她把許多事情統統串連起來！

「妳……」

葛東沒想到陽曇會突然爆發，破壞掉他們之間那一直沒有說出口的默契。

陽曇固然是因為氣憤而開口，卻也是因為她把雙方對彼此的身分都有認知這點當成了大前提，就好像當初她一眼就認出戴上面罩的大叔，葛東同樣也是如此；而葛東知道了大叔的真實身分後，同組織的艾莉恩應該也就知道了。

這個想法一般來說並沒有錯，不如說，如此基本的情報通知，只要是個正常的組織都應該具備。

只是這麼理所當然的反應，卻讓葛東陷入巨大的麻煩！

「原來是這樣，怪不得我們很多行動都彷彿被搶先了一步……」

艾莉恩此時頗有一種恍然大悟的感覺。

從艾莉恩的角度來看，她剛決定要協助葛東征服世界沒多久，ＶＩＣＩ團就進攻學校，意圖不明，雖然將之擊退並藉此把葛東推上學生會會長的位置，但隨之而來的又是ＶＩＣＩ團利用園遊會的機會進攻，雖然嘗試過反擊，卻又好像被看穿了似的，與大叔在廢棄大樓打了一場不明不白的架。

以及這次的事件，回頭一看，與ＶＩＣＩ團的對抗中，他們幾乎是全面落於下風，原因終於找到了！

「你們是什麼時候發現的？」

艾莉恩想通了很多事情，卻有一個問題必須從陽曇那裡得到答覆。

「什麼什麼時候發現的？」

陽曇可不曉得這麼一下子的時間，艾莉恩腦子裡閃過那麼多想法。

「你們是什麼時候發現，我們打算要征服世界的？」

艾莉恩唯一需要別人解答的就是這個。

打工的地點是艾莉恩選擇的，理由是ＶＩＣＩ咖啡開出的時薪最高，如果說ＶＩＣＩ團能未卜先知到知道他們要打工，所以把薪水調高了……這種鬼話，艾莉恩怎麼也不可能相信。

「什麼時候發現……一開始就發現了啊！」

陽曇覺得這個反應不對，在她的認知中，艾莉恩會是冷酷的威脅她，或是直接衝上來動手，而不是像現在這樣提一大堆不知所云的問題。

艾莉恩沉默下來，過了好一會兒，就在陽曇的耐心快要用完的時候，她才開口說道：「那個時期的我正處於興奮之中，所以很多地方都鬆懈了，得到這樣的下場也是自作自受。」

「妳在……」

陽曇被她預料之外的反應中斷了氣勢，再想提振起來也不是那麼容易的事情。

「這是一個很好的教訓，征服世界這種事，需要的除了大膽策劃以外，還得小心行事，否則就會一直陷入被動。」

艾莉恩突如其來的自我反省，別說是前來興師問罪的陽曇，就連葛東也不明白發生了什麼。

「艾莉恩？」葛東隱隱覺得不妙，這幾天連續出現這樣關於艾莉恩的預感，他現在都變得對此熟悉了起來。

「沒有關係，我學過一個成語，叫做亡羊補牢，不管什麼時候糾正錯誤都不會顯得太遲！」

聽著這殺氣騰騰的話，陽曇想也不想轉身就跑，艾莉恩則是一口氣跳過桌子，朝她的背影追過去！

情勢變化得太快，葛東微微一愣的時候，她們倆的身影已經從休息室中消失，而外頭傳來了激烈的桌椅碰撞聲！

「不妙……」

直到這時，葛東才終於有了第一個念頭。

也不能怪葛東反應遲鈍，他本來就不是反應靈敏的傢伙，加上陽曇出現得措手不及，而後又情勢突變，等到葛東想起自己應該要做些什麼的時候，事情已經太遲了。

葛東匆匆追到外頭，卻只見到洞開的咖啡廳大門，不只是陽曇與艾莉恩消失，就連應該在廚房裡的大叔也不見了。

來到店門口左右一張望，卻不見那幾人蹤影，倒不是說他們腳程有多快，而是住宅區小巷子很多，只要閉上嘴巴往旁邊一鑽，很容易就把後頭追來的人甩掉。

估計陽雲就是因為這個理由才鑽巷子的，立刻追出去的大叔或許還能抓住她們的背影，但慢了一拍的葛東卻什麼也找不到。

葛東抱著試一試的念頭朝最近的巷子張望，果然裡頭什麼也沒有，要再去別的巷子尋找，就會離店鋪太遠。雖然大叔豪氣的丟下自家的ＶＩＣＩ咖啡放空城，但葛東作為最後一個留在店裡的店員，卻沒辦法做到那麼瀟脫。

好在葛東也是經歷過許多的人了，等他反應過來之後也是頗有決斷力，他找出ＶＩＣＩ咖啡的鑰匙，將門鎖上後貼上一張「今日臨時休業」的單子，這是他能想到最好的方式了。

緊接著葛東從更衣室中拿出手機，慌忙找出圖書館的號碼撥了過去。

手機鈴響了完整的一聲，圖書館就接了起來，不需要葛東說明情況，馬上開口說道：「我正在趕過去，他們移動的方向沒有規律，並不是有目的的行動，我也沒辦法給你指路。」

「大致的方向也沒有嗎？」葛東不想一個人傻站在原地乾等，特別是在這種危急的時候！

「大致的方向是往西邊。」圖書館給出了答案。

「謝啦！」

葛東掛斷電話以後，正想邁步，卻突然迷惑起來，因為他自己並不知道哪邊是向西的方向。

抬頭想看看太陽的位置，偏偏今天是陰天，而且就算他看到太陽也沒用，因為現在是十一點正要開店的時候，太陽差不多是在腦袋上方，就算葛東看到了，也不一定有足夠分辨出東西方向的能力。

好在葛東很快想起來手機有查詢地圖的功能，而地圖則是有固定朝向的，葛東看了一會兒地圖，總算弄明白西邊的方向，按照葛東的講法，那是往他家去的方向。

當然，葛東家並沒有剛好在正西方的位置，而是稍微有點偏南，用十六方位來分辨，座落在西南西的位置上。

因為這個關係，葛東往西邊前進時很自然就走在回家的路上，但不同於平常回家時

漫步而行的姿態，葛東腳步急促，帶著點小跑快速的奔走著。

這樣亂走等於是把碰上艾莉恩的可能性寄託於運氣，葛東也知道真的碰到的機率很小，可是他也沒有別的辦法了。

雖然想過是不是能透過手機聯絡到艾莉恩，但這個念頭才冒出來就被他自己否定了，因為艾莉恩已經換好了服務生的制服，這時她會把手機放在更衣室裡頭；同樣的，陽曇也是如此，所以葛東可以確定她們兩個女生身上都沒有手機。

至於大叔……雖然不知道他工作的時候會不會帶著手機，不過剛剛葛東試著打了，卻直接進入語音信箱，好像沒有開機的樣子。

葛東走了十多分鐘之後不得不停下來，因為橫在他面前的是一條寬闊的四線道，逃跑時穿越這種路口並非好選擇。

正徬徨著不知該往哪個方向的時候，葛東的手機響了起來，是圖書館已經快要到了，要他去指定的地方會合。

會合的地點與葛東所在的位置偏差甚遠，令葛東感到疑惑的是，那邊似乎挺熱鬧的，跟葛東想像中偏僻無人的地點有不小的落差。

「往人多的地方去，艾莉恩才不能明目張膽的對他們下手，學校的防犯知識也是這麼教的。」對於葛東的疑惑，圖書館十分自然的回應道。

「啊……」

葛東光顧著考慮隱密行動，卻忽略了更根本的問題。

跟圖書館會合的地點是大街上，在附近一片住宅區中，這裡算是住商混合地帶，因此比較繁華，即使是平常上班日的中午，也有不少行人來往。

而此時，街上很明顯有個地方特別吸引視線，順著眾人的視線方向望去，就見到穿著VICI咖啡服務生制服的兩人……

如果葛東再湊過去，就能變成三人組了。

大叔穿的則是白色廚師服，所以不能算在裡面。

艾莉恩跟陽曇吸引視線的理由很多，首先她們兩個都是相當漂亮的女孩，可都是被大叔當成鎮店看板娘對待的，而且穿的又是凸顯胸部的高腰背帶裙，艾莉恩一路追著陽

曇過來依舊呼吸穩定，倒是陽曇已經氣喘噓噓，在服裝的襯托下顯得動搖不已。

大叔雖然也微微喘息，卻沒有像陽曇那樣劇烈，只是他的光頭上布了一層薄薄汗水，看上去更加油光滑亮了！

他們三個就在馬路邊上，以等邊三角形的陣型互相對峙，那種奇妙的氣氛也是引人注目的要素之一。

葛東此時前所未有的感激城市人的冷漠，雖然有人拿出手機拍照，卻沒人上前詢問他們在這裡做什麼。

葛東見到他們正想上前，左手處卻傳來一陣拉扯，扭頭一看拉著他的是圖書館。

「不要著急，我們先看看情況再做決定。」

圖書館的手看著很小，卻能從中感到堅定的意志。

「為什麼，現在直接去阻止不好嗎？」葛東帶著些許不解的反問道。

「這是一個不錯的機會，可以看看艾莉恩在沒有你的情況下會怎麼行動，而且我也需要更多的觀察。」圖書館遠遠眺望了幾眼，又轉過來上下打量葛東一番，說道：「你穿這樣比較顯眼，我們去旁邊。」

葛東雖然覺得他們在大街上不會有什麼過激舉動，但不可否認的，圖書館的提案確實讓他產生了想法。

艾莉恩本人會採取怎樣的行動，抱著確認的心情，葛東停下了腳步。

第十一章
VICI團！
全滅！

大街上，氣喘噓噓的陽曇跑出一身汗，加上原本的服務生制服屬於室內服裝，因此停下來被風一吹，陽曇不由自主的打了個寒顫。

陽曇逃跑是遵從本能的行為，雖然逃到一半就開始覺得這樣示弱非常丟臉，然而她冒出那個念頭的時候，人已經在巷子裡。陽曇性格是衝動了點，卻不是笨蛋，在這種地方跟艾莉恩打架只會吃到苦頭，她可沒有這種興趣！

好不容易逃到大街上，估計艾莉恩不會在這種地方大打出手，於是陽曇取回了安全感，對著艾莉恩嘲諷道：「怎麼，突然這麼認真的追出來，難道妳想說直到剛剛才發現真相嗎？」

「的確如此。」艾莉恩不覺得這有什麼好隱瞞的，說道：「其實我不太會認人，本來應該要發現的才對嗎？」

大叔在旁邊竟然有點欣慰，儘管陽曇和葛東都是一眼就認出他來，不過他的努力沒有白費，至少艾莉恩就沒有認出來，這表示自己所做的掩飾終究是有效果的！

聽到艾莉恩這樣的答覆，陽曇突然不知道該怎麼回應才好了，這樣就變成是她破壞了大好局面。在艾莉恩不知道自己身處ＶＩＣＩ團大本營的情況下，似乎有很多足以利用的空間，要是通知那個四天王的奶茶，肯定又會有什麼陰險的手段來設計艾莉恩……

不過，陽曇後悔的心情並沒有維持太久，她很快就調適過來……或者說被逼著面對眼前的危機。

艾莉恩對現在的情況也是感到棘手，原本她可以在前面鑽巷子的時候就解決陽曇，可是後頭大叔追得很快，也是他提醒陽曇往人多的地方去，使得艾莉恩來不及下手。

真的非常可惜，如果陽曇再多耽誤幾步，她就可以追上了……

在馬路邊上這樣人來人往的地方，艾莉恩無法輕舉妄動，場面一時僵持。

大叔見這樣下去不是辦法，提議道：「在這裡太引人注目了，我們找個能放心說話的地方吧？」

「大叔！」

陽曇忍不住叫出來，她拚了死命才逃到安全的地方，現在一換不就又走進危險當中了嗎？

「沒事的，只不過是一點小麻煩而已，我們之前也經歷過幾次，別忘記了我們的目的，如果連這點困難也越不過，要怎麼完成我們的理想呢？」

大叔原本以為艾莉恩之所以乖巧的在店裡打工，是因為維繫著那份奇妙默契的緣故，但現在看來完全不是那麼一回事。

不管是站在VICI團首領的立場上，還是身為VICI咖啡的店長，當發現艾莉恩不能繼續維持這個既是敵人也是店員的身分後，大叔就必須得解決這件事。

「為什麼偏偏現在又拿出了氣勢……」

陽曇很不情願的同意了，又轉過頭去望著艾莉恩。

「跟我來，我知道幾個人少的地方。」

艾莉恩自然是求之不得，轉身便向一旁的巷子中走去。

艾莉恩轉身的同時也在注意著身後，察覺到VICI團的兩人都自發跟了上來，她也就稍稍放鬆身體，原本要是他們沒有跟上，艾莉恩是打算直接撲上去的！

艾莉恩沒有發現，她的克制力越來越低了，像在大街上發動攻擊這種事，以前根本

連在腦袋裡轉過都不會。

大叔與陽曇隔了一段距離跟著艾莉恩，在他們後面又有另外兩個鬼鬼祟祟的身影，巧妙的落在艾莉恩的感知範圍圈之外一路跟隨。

※　※◆※　※

就算是再怎麼熱鬧的地方，只要走進巷子裡就會突然變得冷清下來，從越是熱鬧的地方走來，那股冷清的感覺也就越加強烈。

艾莉恩走了一會兒，最後來到一棟大樓前，在大門出入口的背後，有個刻意開出來的窄小門洞，立在那兒的柵門鎖頭嚴重鏽蝕，卻不知道為什麼沒有更換，於是形成一個誰都能走進去的通道。

這個通道十分狹窄，大叔兩邊的肩膀總是擦撞到些什麼，潔白的廚師服上沾了灰黑色的汙漬。

這段路不長，一下子就走完了，盡頭處是一塊大樓天井，口字形的建築在中央處遺留下來的空地就叫大樓天井，高聳的牆壁將所有的空間都占據，只留下一塊小小的天空，身處其中自然而然會感受到強烈的壓迫。

「就在這裡吧？」

艾莉恩雖然是詢問的語氣，但行動間卻一點詢問的意思也沒有，直接走向了深處，轉過身來微微彎腰，像是在邀請他們似的。

大樓天井極為封閉，地上有一些不知如何出現的雜物，被雨水淋了之後慢慢腐朽毀壞，在空氣不流通的情況下，這裡的氣味相當混雜。

大叔不由得皺起眉頭，這邊以人少這點來評估確實很優秀，卻實在不是一個令人感到舒適的地點。

「現在沒有人了，妳可以說說究竟打算做些什麼了。」先開口的是陽曇，她與大叔一樣都對這裡的環境感到不適，希望能夠快點完事。

「我想做的事情很簡單。」

艾莉恩的腰彎得更低了，與其說是邀請的姿態，不如說是攻擊前的蓄勢。

見到她那副模樣，大叔立刻橫移數步，與陽曇拉開一些距離，依照他的想法，就算真的要動手，首要目標也是戰力比較強的自己，拉開距離可以讓陽曇免於被捲入……

但是，失算了。

艾莉恩確實發起了攻擊，但她選擇的對象卻是陽曇！

「呀！」

大樓天井並不寬敞，但艾莉恩走到最深處的行動，隱隱給了陽曇她不打算立刻動手的暗示……

至少是不會立刻動手的暗示，加上先前已經被追逐過，從危急的情況中脫身出來，於是產生了虛幻的安全感。

種種因素加乘起來的結果，就是陽曇鬆懈了，被艾莉恩輕易撲倒，只來得及發出一聲驚呼！

大叔也只不過從陽曇身邊拉開了幾步，意外之餘衝上前去，艾莉恩抓起陽曇的衣領直接將她整個人提起來，不是很結實的服務生制服發出撕裂聲，但在徹底毀壞之前，艾莉恩已經藉著這股力量將陽曇投了出去！

這是蠻力的體現，面對著半空中飛過來的陽曇，大叔不得不將之接下，也虧得大叔體重比較足，連退幾步總算沒有倒下。

在大叔接住陽曇的時候，原本應該是艾莉恩進行追擊的大好機會，但是她卻沒有那麼做，而是停留在原地等待，黑色的眼珠中流露出的只有冷漠。

大叔穩住身形之後關心起陽曇的狀態，只見她雙眼緊閉，即使被艾莉恩這麼扔過來也沒有其他反應，但呼吸還算平穩，不像是受到嚴重傷害的模樣。

只不過接觸那麼一下子，竟然就讓陽曇失去意識，同時也把離開的道路擋住了。

這才是艾莉恩優先襲擊陽曇的理由吧。擋住出入口，並且給大叔製造累贅。

「妳打算一口氣分出勝負了？」

大敵當前，大叔也只能暫且把陽曇放到地上，抬起雙臂擺出迎戰的姿態。

「早就應該這樣了，在已經知道彼此身分的情況下，卻不用力量去壓倒，而是試圖

在別的地方分出勝負……征服世界所需要的時間與金錢都是龐大到難以想像的數字，採取如此沒有效率的行動，除了浪費以外沒有別的方式可以形容了。」

艾莉恩的指責一針見血，就算是已經準備好要大戰一場的大叔，也不由得被這句話挑動了內心。

兩個目標同是征服世界的組織碰在一起，除了互相征服以外沒有別的道路……如果認同這個觀點，那麼大叔這邊就顯得過於溫吞，扣掉葛東內心其實不想那麼做，大叔這個成年人不應該如此天真。

大叔頗有觸動，下意識就想說些什麼，但話到嘴邊卻是道：「那種事情，還是等我們分出勝負之後再來慢慢談心吧！」

「你似乎誤會了什麼，之前一直沒分出勝負的理由，僅僅是因為我不想暴露太多，但現在情況已經改變了。」艾莉恩一邊說，身體也一邊出現著變化。

就像她說的那樣，過去之所以一直跟大叔分不出勝負，只是因為擔憂使出全力會曝光而已。

拋開所有顧慮，全心只為擊敗大叔的艾莉恩，渾身上下都出現了不小的變化，首先是四肢扭曲著化為類似昆蟲的姿態，表面的肌膚也籠罩上一層紫黑色，一頭長髮無風自動，像是在她背後蠕動著似的。

大叔沉住氣，擺出了拳擊姿勢，身上的廚師服稍微有些束縛，但問題不大，一路從VICI咖啡跑到這裡來，作為熱身算是相當充分了……

身體的感覺不錯，雖然說不上特別良好，卻也是在平均以上，這是大叔在無數次的鍛鍊中，漸漸摸索出來的自我評估。

眼前的艾莉恩早已準備完畢，她將身子彎得很低幾乎四肢著地，可以想像接下來將會是非常凶猛的一擊，艾莉恩絲毫沒有掩飾的意圖。

——沒有打贏的自信。

這是一種很難說明的感受，大叔有種彷彿要被淹沒的錯覺。

在大叔還年輕的時候，曾經作為世界重量級拳王的練習對手，那種在比賽間隔的時候，讓選手保持比賽感覺的練習對手，因為只是練習，雙方都沒有全力對打，光就場面上而言，兩邊也沒有誰被壓制的情況，就跟一般的練習賽沒什麼不同。

但只有大叔自己知道，雙方的差距究竟到了怎樣的地步，當時大叔就感到自己彷彿被淹沒了……

回到現在，面對著艾莉恩，大叔卻有了那樣的感覺，能在真正動手之前就察覺到差距，這究竟是好是壞？

這一連串內心活動，最後都化成一句感想，儘管強敵當前，大叔仍不由自主的衝口而出。

「在打之前就先回憶過去，這可是戰敗的徵兆啊……」

艾莉恩並不清楚大叔這一連串的心理活動，但她能察覺到大叔在這一瞬間的分心，於是本就做好準備的艾莉恩猛然發起攻擊！

大叔有反應過來，但卻沒有辦法阻止，就算是他全神貫注也沒有辦法，人體的反應速度有其極限，而艾莉恩的攻擊卻超越了那個極限。

等比例放大的昆蟲，假如沒有被重力壓垮，那麼牠們將擁有超越極限的運動能力，這股運動能力甚至有些失控。

艾莉恩猛然一躍，她就沒有辦法再做出任何改變，想揮舞手臂攻擊大叔也做不到，只能以整個身體化為子彈，朝大叔狠狠撞去！

以這樣的速度，他們之間的距離太近了，宛若子彈一般的艾莉恩撞向大叔胸前，先是壓迫到大叔舉起的雙臂，原本強壯的雙臂卻像是麵條一樣，折成奇怪的角度與艾莉恩一起撞上大叔的胸膛。

大叔的意識到此中斷。

※　※◆※　※

搖搖晃晃的，艾莉恩從地上爬了起來，雖然嘴巴上說得厲害，又對解除全部限制的實力有所自信，但過去跟大叔打個半斤八兩的記憶沒有那麼容易消失，於是艾莉恩決定要使出全力的時候，就真正的使出了全力。

不要說是大叔，就連艾莉恩自己也不知道她的全力是怎麼樣的，過去她的生活中從沒有遇到必須使出全力才能應對的危機，所以全力狀態對她自身而言也是一種相當陌生的東西。

就像這次，艾莉恩的全力差點把大叔跟她自己一併擊倒，她撞飛大叔之後，又不受控制的撞上大樓，虧得艾莉恩作為發動攻擊的一方，能知道接下來將要發生的狀況，這才提早做出準備，強化了碰撞的變化。

即使如此，艾莉恩也依然暈乎乎的，身上那件ＶＩＣＩ咖啡的服務生制服也變得破破爛爛，然而裸露出來的軀體卻沒有春光乍現的氣氛，衣服底下呈現著既像是鱗片、又像是甲殼的模樣。

雖然狼狽，但終究是贏了，而且贏得相當簡單，看著倒在地上的大叔與陽曇，艾莉恩沒有那種終於擊倒強敵的振奮，只有一股過去的自己都在做些什麼的煩躁。

但是一想到馬上就可以解決ＶＩＣＩ團，艾莉恩的心情又變得好了起來，雖然此刻在這裡的並非是他們的全部成員，可是只要首領沒有了，那麼ＶＩＣＩ團也就會自行潰散了吧？

這麼想著，艾莉恩的手腳慢慢回到人類的姿態，只有左手卻保持著鐮刀般的模樣，然後緩緩來到大叔的身邊。

大叔和陽曇同樣昏迷過去，雖然還沒有詳細檢驗，大叔至少也是骨折加上脫臼的重傷；但是在艾莉恩的心目中，即使是受到重傷的大叔，也遠比陽曇要有威脅得多。

然而，就在艾莉恩打算給大叔一個痛快時，她聽到了動靜，有人越過了外頭那鏽得亂七八糟的柵欄，有兩道沒有特意掩飾的腳步聲，正通過那條狹窄的通道要進來大樓天井處。

略微一猶豫，艾莉恩沒有直接對大叔下手，她擔心要是讓血流得滿地，讓那些人沒有進來就逃出去可不好。

所以艾莉恩讓他們保持倒在地上的模樣，自己卻是隱藏在陰暗中，準備伏擊即將進來的人。

說也奇怪，艾莉恩穿著ＶＩＣＩ咖啡的女服務生制服，照理說出現在這種地方是相

當引人注目，但是當她隱藏起來，乍然一看之下竟然完全無法發現她的存在。

並沒有誰教導過艾莉恩，她也沒有特意去學習這方面的技巧，只是當艾莉恩想要隱藏起來的時候，身體很自然的就行動了，彷彿她本來就知道該怎麼去做似的。

隱藏起來的不僅是身體，就連內心也變得平穩，與大叔戰鬥時的激動與激昂彷彿從未存在似的不見蹤影，成為了冷靜的狩獵者。

但是，艾莉恩的冷靜也僅維持於短短的一瞬間。

「艾莉恩？」

來人發出了呼喚，而那個聲音是葛東的聲音！

艾莉恩不假思索的跨步離開陰影中，想要迎上即將到來的葛東，卻又回頭看著倒在地上的ＶＩＣＩ團，剎那間艾莉恩出現了些許心慌意亂，不知道葛東會怎麼看待她的私自行動。

打倒了一直以來的敵人，應該是要得到稱讚的吧？

可是艾莉恩無法如此樂觀，只要一想到葛東若無其事的持續打工——或許他有別的圖謀？就像葛東不斷的強調要把ＶＩＣＩ團吸收進來，在那邊打工會不會也是計畫中的一環？

艾莉恩自己胡思亂想著把情緒弄得緊張起來，一度想要把被打倒的大叔和陽曇藏起來，但是這塊小地方根本沒有地方可以藏得下兩個大活人！

那條狹窄的通道並沒有長到足以讓艾莉恩想出辦法，就見到沉著一張臉的葛東走了進來。

「葛、葛東！」

艾莉恩一見到葛東，心中的那股慌亂更加強烈，就像是做錯事的孩子被家長發現時一般。

「這是怎麼回事？」

看著慌張的艾莉恩，葛東明知故問。

其實他剛剛在外頭，依靠圖書館的外星科技，已經把這裡發生的事情全都看在眼中，而這才是他沉著一張臉的原因。

葛東的演技還沒有好到眼睜睜看著艾莉恩襲擊了兩個人，卻依然能夠保持著一無所知的模樣。

「這是……」

艾莉恩突然失去以往的從容沉著，她最初追擊陽曇並不是經過思考的行動，因此現在也說不出個理由來。

「葛東。」

在葛東的身後，一隻小手伸了出來，輕輕拉了拉他的袖子。

這自然是圖書館了，艾莉恩完全被葛東出現在這裡的事實所震驚，已經忘記剛剛她聽到的是兩道腳步聲。

第十二章
VICI團與
征服世界會的
合併

葛東的心情說不上是憤怒或震驚之類的，更多的是失望，他從不曾像現在這樣感受到艾莉恩與自己的差異。

「看起來ＶＩＣＩ團已經全滅了呢。」

圖書館從葛東身後走出來，蹲下身來檢查著大叔與陽曇的狀況。

「妳也知道ＶＩＣＩ團的真相嗎？」見圖書館如此自然的說著，艾莉恩又受到了一次打擊。

「這麼明顯，沒有看不出來的道理。」圖書館回過頭，輕輕的點了點頭。

雖然沒有事先約定過，但葛東知道這是他們沒有生命危險的意思，微微放下心來的同時，胸口裡那股悶住的氣息，也得到稍許的釋放。

大叔受到那麼強的衝擊，卻依然能保住性命，這多虧了他每天鍛鍊的結果，那一身肌肉盔甲起到了保護作用，儘管倒在地上的他鼻子和耳朵都在滲血，模樣是怎麼形容也不為過的悲慘，但畢竟還活著，那就保有一份希望了不是嗎？

「先叫救護車吧。」葛東說著便拿出手機，但是他的手再一次的被拉住了。

「等等!」艾莉恩經過這麼一會兒的緩衝，也擺脫了慌亂，腦子漸漸解凍，總算想起自己為何一定要置大叔於死地，忙說道:「這是個好機會，我們可以徹底擺脫掉VICI團的糾纏，一直被困在這種小地方，是無法往征服世界的目標邁進的!」

「這種時候妳還……」

葛東在新聞中見過一些車禍的影片，與剛剛的撞擊比起來也差不多，即使圖書館已經示意過，但他卻擔心傷勢會不會進一步的惡化。

對葛東來說，這是救人如救火的事情，但艾莉恩卻有完全不同的見解。

「正因為是這種時候!」

艾莉恩忽然大聲叫了出來，葛東沒見過她這麼氣急敗壞的模樣，一時之間被鎮住了，只能聽她說。

「他們已經知道的太多了，經過這次的事情，他們發覺無法在武力上對抗，必然會採取別的方式，而他們知道太多東西了!」

「不是這樣的，他們不會這麼做，跟大叔鬥了那麼久，他們一直遵守著彼此之間的默契不是嗎？」

葛東回頭直視著艾莉恩，希望能讓她體會到自己的焦急。

「但是這次，我可以算是破壞了那個默契吧？」

艾莉恩的話彷彿一桶冷水，從葛東的腦袋上淋了下來，艾莉恩也有她的堅持，而且並不會比葛東來得脆弱。

艾莉恩撥開葛東，來到他與大叔之間，決然道：「就讓我違背一次你的命令吧，事後無論是怎樣的懲罰我都甘願接受，但是ＶＩＣＩ團必須在這裡被消滅！」

圖書館毫不猶豫的離開大叔身邊，把失去抵抗能力的大叔暴露在艾莉恩面前。而艾莉恩的左手又變成了鐮刀狀，那深紫近黑的顏色在缺乏陽光的大樓天井中，彷彿吸收了所有光線，像是手中出現了一小片虛空，散發著令人恐懼的氣息。

圖書館？

葛東赫然發現，如果艾莉恩不願聽他的話，那麼他也沒有能力來阻止艾莉恩。

一點也派不上用場，她無數次的強調自己是個監視者，對於艾莉恩的種種情況，只會要葛東拿出辦法來而已。要是葛東可以拿出辦法，那還要問她做什麼呢？

突然之間，葛東發現大叔的生死存亡，全都維繫在他有沒有辦法阻止艾莉恩行凶之上，這份認知讓他的肩膀變得極為沉重。

這次的情況與過去所遭遇的不同，即使是危險性最高的那次，也因為自己是站在正義的那一方而無所畏懼……或者說是沒有去思考得那麼深入，作為被捲入的受害者，要嘛順從、要嘛奮起反擊，葛東當時只是選擇了後者而已。

「再……再給他們最後一次機會吧。」

葛東並不擅長臨機應變，在這種需要快速擠出辦法的緊急時刻，只能想出這樣微不足道的拖延。

背負著性命的感覺好沉重，明明身上什麼也沒帶，脊椎卻彷彿要被壓彎了，葛東必須有意識的往背上使勁，才能維持著正常的站姿。

緊張的等待中，只見艾莉恩回過頭來，臉上一絲表情也沒有，讓葛東無法從中讀到她的心思，不由自主的就有幾分心虛，便安撫性的說道：「這次妳把他們擊敗了，而且擊敗得這麼徹底，在這種情況下他們更加可能投降……」

艾莉恩沒有做出回答，卻是默默往旁邊退開一步，左手的刀刃沒有變化回去，葛東可以知道，這真的是最後一次機會了。

他長出了一口氣，蹲到大叔身邊，沉重的心情直接壓上他的胃，加上大樓天井長期不通風，累積下來的腥臭氣味直衝鼻端，種種不適使他的臉色慘白，嘴裡乾燥得像是要噴出火來！

強忍著嘔吐感，葛東輕輕拍打著大叔的面頰，但是看著大叔那鼻血橫飛的面容，葛東實在很懷疑能不能夠喚醒他。

幸運的是，大叔學習的格鬥技是拳擊，在那種被擊倒十秒就必須爬起來的賽場，培養出來的傢伙對於怎麼快速喚醒自己都有一套方式。

大叔的眼角顫動幾下，接著慢慢的睜開了眼睛。

從昏迷中強迫自己醒來，那樣的感覺並不好，思緒變得相當遲鈍，而且身體各處的痛覺也刺激著他的大腦。

剛恢復意識的大叔神智模糊，不清楚自己為什麼躺在這裡，隨即他看到身邊神情複雜的葛東，又看到葛東身後，左手化成鐮刀狀、一臉殺氣望著這裡的艾莉恩。

大叔想起來了，陽曇遭到艾莉恩的追擊……與其後發生的一切，記憶在這邊有點模糊，大叔想不起來抵達大樓天井之後發生的事情。

但這不妨礙他認識到被打倒的事實，從自己躺在地上，而且全身上下到處都傳來那該死的疼痛！

「大叔，這是最後一次了……」

葛東害怕這次的勸降依然會被拒絕，除非下定決心即使與艾莉恩翻臉也要保住大叔，否則他將失去所有阻止艾莉恩的理由。

「你這臭小子，明明是打贏的人，卻要擺這麼一副苦瓜臉給我看……」

大叔不習慣被人這樣俯視，想要支撐起身體來，雙臂卻傳來一陣劇痛，根本提不起力氣。

「大叔，現在不是開玩笑的時候。」葛東嘴角囁嚅幾下，終究沒有成功拉出笑容，嘆息道：「你現在意識清醒，能夠思考重要的問題嗎？」

大叔並沒有馬上回答，而是在內心裡自問自答了幾個問題之後，才開口道：「思考速度可能慢一些，但是感覺不到太大的問題。」

「那麼……」葛東感受到背後傳來的無聲壓力，只好放棄多給大叔一些休息時間的打算，詢問的聲音中控制不住的帶上一絲顫抖，說道：「你們願意加入到我們征服世界會嗎？」

大叔躺在地上，白色的廚師服上沾滿泥灰，鼻子與耳朵中都有血液溢出，整個人狼狽得不行，但是跟蹲在他身旁的葛東相比，似乎葛東才是那個被擊敗的對象。

沮喪、低落、緊張、擔憂與無奈，還有最後一絲期待……甚至可以說是祈求，這麼多情緒同時在葛東臉上顯現出來，幾乎可以說是混亂到難以形容，大叔甚至冒出一種真想讓艾莉恩看看這張臉的念頭。

不過，那種想法連戲言也算不上，這麼一緩之後，看著神情複雜的葛東，以及站在他背後殺氣騰騰的艾莉恩，大叔又想起一些事情，他似乎把握到了葛東的狀況……

事情已經到了這種地步，繼續死撐下去沒有太大意義，還不如答應下來……

道理是明白，但那聲投降卻梗在喉嚨當中，即使做出放棄的決定，有些東西也十分難以放下。大叔的視線飄移著，無意中落到了不遠處的地面，那邊倒著陽曇的身影。

比起大叔那滿臉血痕，全身上下破破爛爛的慘狀，陽曇的樣子就顯得好多了，就像是睡著似的側臥著。

這幅畫面把大叔最後的猶豫也吹飛了，他轉回頭來，長長長長的嘆了一口氣，說道：「我有一個條件……」

「是什麼？」葛東聽到大叔口氣鬆動，迫不及待的追問著。

「讓陽曇離開這個漩渦吧，她是被我牽連進來的，這孩子不適合參加這種陰謀詭計的東西……」

大叔原本強撐著一口氣，讓他不要露出軟弱的模樣，但現在彷彿什麼都無所謂了的鬆懈下來。

「好。」

大叔終於鬆口，這時不管他提出什麼要求，葛東都不打算拒絕。最後時刻，葛東可說是孤注一擲的行動得到了好結果，終於避免情況演變到最壞的境地。

此時，葛東只覺得渾身的力量彷彿都被抽走了，原本蹲著的雙腿不知何時變成了跪地的姿勢，這種不見天日的地方，地面又冷又硬，還帶著潮濕的汙泥狀堆積物，葛東褲子的膝蓋處一下子就沾滿了水氣。

只是跟葛東現在放鬆下來的心情相比，膝蓋那點小事根本不算什麼。

大叔看著葛東陷入情緒的激流中，放著不管似乎會沉浸好一段時間的樣子，不得不出聲打斷道：「雖然還有很多話想問，可是現在我需要的是救護車。」

「已經叫了。」

做出答覆的是圖書館，她不知道什麼時候已經退到了牆角邊，要不是她開了口，都快要忘記有這麼一個人的存在。

「這樣的結果妳可以接受吧？」

葛東的情緒被打斷之後，就想起還沒詢問艾莉恩的意見。

艾莉恩就站在葛東背後，跪在地上的葛東一回頭，見到的是已經把手腳都變回人形的艾莉恩。

「可以……吧，交手過那麼多次，確實是個很有力的補充……」艾莉恩後退幾步，略微側過臉讓頭髮遮住她的表情。

葛東雖然覺得艾莉恩有幾分異樣，卻沒有立刻追究的心情，他覺得自己需要好好暫停一下。

※　※◆※　※

救護車很快就來了，大叔編了一個聽得過去的理由，醫護人員就把他和陽曇都送上救護車，鳴著笛聲趕往醫院。

因為有兩個人，所以救護車來了兩輛，葛東和艾莉恩正好一人隨一車，於是圖書館就成為被留下來的人。

「你們先去吧，我自己慢慢過去。」圖書館倒是沒有非要一起行動的意思。

葛東的意思其實不是那樣，他是擔心把艾莉恩和陽曇放在一起會出問題……不過權衡之後，他覺得讓圖書館跟車、把艾莉恩丟在這裡似乎更不好，所以也只能如此了。

幸好救護車一鳴笛，道路上的車輛紛紛讓路，沒多久就抵達了醫院。

大叔的意識還算清醒，而陽曇卻是昏迷著，因此必須要通知她的家人，可是陽曇手機沒有帶在身上，艾莉恩那邊也不知道她家裡的電話號碼，結果只好通知學校，再由學校通知她的家人。

這就是抵達醫院之後，葛東所知道的情況。

至於大叔，則是被推去照了X光，他主要的狀況像是骨折、脫臼、挫傷和內出血等等，簡直像是被卡車撞到似的，不過以現代的醫學技術，只要能保持意識清醒就不會有危險。

坐在急診室外頭的座椅上，葛東與艾莉恩之間籠罩著異樣的沉默，在VICI團終於被他們折服的事件後，應該有很多事情要商量的，但是現在的葛東卻提不起那樣的精神來。

而艾莉恩也有她猶豫的地方，兩人各自有所顧慮，最後呈現的結果就是這番模樣。也不知道坐了多久，葛東的思緒發散到一個極限之際，需要處理的事情反而跳回腦中，並且不自覺的就說了出來。

「陽晴的照片還沒處理完啊……」

「現在ＶＩＣＩ團已經加入我們了，要處理照片只不過需要一句話而已。」只是不自覺的脫口而出，艾莉恩卻立刻接下了話題。

葛東扭頭一看，正好艾莉恩也向他這邊望來。

若是過去的葛東，或許會在這時避開視線，可是現在葛東並沒有想要避開的心情，折服大叔的那一幕簡直像是雲霄飛車，將葛東的心力耗盡了，使得他進入彷彿是頓悟一般的境界。

「我剛剛才答應過大叔，不讓陽曇繼續參與的。」葛東此時頭腦清晰、態度冷靜，總覺得現在的自己，什麼問題都能想出解決的辦法。

「這不是讓她……繼續參加我們的活動，而是在保護陽晴。現在已經沒有VICI團的掩護，想要阻止我們的行動已經不可能了，這是為了不讓失去保護傘的陽晴遭到我們的毒手，所以不得不做出的妥協。」

艾莉恩說了一大通理由，雖然乍聽之下似乎是在強詞奪理，但如果把襲擊陽晴當成必然會發生的條件，那麼就可以說得通了。

當然，只是說得通而已，距離有道理還有一段很長的路。強盜理論也是一個理論，被脅迫的人不可能會同意那些東西的。

不過，這點理由已經足以說服葛東了，他現在需要的不是真理，而是一個讓陽曇動起來的藉口。

「那就這麼辦吧，到時候請大叔去說服陽曇，也算是給他的入團測試。」

最後葛東將事情定了下來，關於照片的問題彷彿突然變得微不足道，隨時可以解決似的。

確實如此，只要艾莉恩拿出剛才對付大叔的態度，直接以性命等級的威脅來對付陽晴，那麼葛東想不出她拚死抵抗的理由。

在VICI團已經投降的現在，葛東能夠更加輕易的解決這件事。

「葛東，你生氣了？」艾莉恩見照片的事情告一段落，立刻轉變了話題。

——生氣？

葛東先是驚訝了一下，但很快就意會過來她指的是什麼。

「我確實生氣了，妳知道為什麼嗎？」

葛東那個頓悟的心態似乎快要過去，他想要抓住一點尾巴，但這樣的想法反而加速他回到平常的自己。

「因為我違背了你的命令？」艾莉恩露出了擔憂的神色。

「這是一半的原因，另外一半是我的理想遭到了破壞。」葛東回想著當時的情況，試探性的問道：「妳還記得我是打算用什麼方式征服世界的嗎？」

「用和平的方式……」

艾莉恩當然不會忘記，那是她第一次有明確的目標去征服世界。

「就是這樣，所以我才不能接受妳的方式，就算非常有效率，我也不能接受。」或許是那最後一點尾巴的關係，葛東很快就找到了感覺，說道：「妳應該知道，征服世界不是正常人會去做的事情，支持著我的只有那份理想，所以當我的理想被破壞的時候，征服世界的動機反而會消失……」

「……」

艾莉恩沒有回覆，但從那瞪大了的雙眼，可以看出她的內心並不平靜。

「但是我也知道，征服世界的過程中會遇到不少困境，只因為一次失敗就放棄也太過軟弱了。」葛東經過這次的經歷，他的心態有所轉變，說道：「而且我自己也有錯，沒有訂立下明確的規矩，是我的過失……」

從這次的經驗，葛東體會到光是依靠自己的信用來約束艾莉恩太過於薄弱，必須要加以更強大的束縛。

葛東開始明白，或許他所成立的征服世界會，真正的目標不是征服世界，而是好好看管著艾莉恩，不要讓她變成圖書館所說的那樣。

原本葛東渾渾噩噩的與艾莉恩混日子，只是想辦法在敷衍艾莉恩，而現在不同了，葛東有了全新的努力方向！

「那樣也好……」

艾莉恩見他似乎沒有責怪自己的意思，也沒有要放棄征服世界，不免大大的鬆了一口氣。

直到這時，艾莉恩才真正有所放鬆，從緊張的狀態中脫離出來。

由於種族天性的緣故，艾莉恩對於遵守命令這點抱有堅持，所以她扮演的形象是一個乖乖牌資優生，這是她一直以來聽從命令的結果。

而她昨天有意忽略了葛東的命令，對於命令刻意使用曖昧不清的回覆，本來是打算再次潛入陽晴家，直接進行武力掃除的，結果在今天就因為陽曇的挑釁而暴走，順從本能的驅使而做出那些事。

更不幸的是，她竟然被葛東抓到了現行。假如是順利解決了ＶＩＣＩ團之後才回報，那麼情況或許會好得多……

艾莉恩輕輕的搖了搖頭，現在她不用再去考慮那種事了，葛東已經找到了解決的方式，以後只要聽從命令就行，就像是過去的她所做的那樣！

是的，這樣就行了……

第十三章
逐漸壯大的征服世界會

當葛東他們被護士通知可以去看望大叔，已經是五個小時之後的事情了。

大叔躺在病床上，雙臂都打上了石膏，上半身也纏滿繃帶與固定板，除了一望可知的骨折與脫臼，他還有輕度腦震盪，總體而言需要休養不少時間。

「你們闖進陽曇家的理由就是這個？」大叔聽完他們的來意，總算弄明白了他們為何突然採取那麼激烈的行動，接著又問道：「那陽曇呢？」

「她已經醒了，但我覺得我不要貿然單獨去見她比較好……」葛東無奈的聳聳肩。

對於陽曇的火爆脾氣，葛東也是有所顧忌的。

大叔自然更加熟悉陽曇，要是讓葛東就這麼去找她，恐怕會在醫院大鬧起來，想到這裡他不由得贊同的點點頭，說道：「帶我去見她吧。」

「呃……你能走嗎？」葛東看著渾身都纏繞著繃帶、像是半個木乃伊的大叔。

「當然不能，去推個輪椅過來。」

大叔指使起葛東來全無遲疑，彷彿他們之間的關係沒有改變似的。

大叔的雙腿看似沒事，但他的腰受到不小的創傷，作為人體中樞的肌肉群，許多動作都需要腰部的支撐，現在受傷了做什麼動作都會痛，同時也不利恢復。

葛東一回頭，正想去找輪椅過來，卻見到艾莉恩已經搶先一步，將輪椅推到了大叔床邊，並且伸手攙扶，幫他把身體移動到輪椅上頭。

見到不久之前還充滿殺氣的艾莉恩如此低眉順眼，大叔略感到一陣不自然，可是他就算逞強也無法自行移動，只好接受艾莉恩的協助。

來到陽曇所在的醫院大廳……嗯，她清醒之後，醫生又做了一些檢查，發覺沒有大礙就準備讓她回家，但陽曇聽說大叔還在醫院裡，堅持要在這裡等結果。不過，作為被送來的患者之一，最後院方優先通知的還是葛東他們。

陽曇在最靠近角落的位置上，她那身髒兮兮的服務生制服隱晦的吸引著他人目光，也虧得這裡是醫院，本來就會有些遭到意外的傷患，要是在醫院以外的地方就會受到更加強烈的注視。

「陽曇！」來到左近，大叔出聲招呼了她。

只見陽曇像是觸電般跳了起來，但她還來不及展示笑容，就見到大叔身後還跟著葛東與艾莉恩，那些許愉快的心情瞬間消失。

而這樣的壞心情，在聽說了大叔投降、自己被開除出ＶＩＣＩ團，以及要拜託她去暗中操作陽晴的電腦……種種不順，讓陽曇額頭上青筋暴起，眼看著似乎有想要撲上來一決生死的模樣。

艾莉恩為此提高警戒，說起來陽曇也是知情人，不應該隨便放過才是的……

葛東無奈的望著大叔，這樣的說明順序明顯就是增加了陽曇拒絕的可能性，看來他表面上沒有反對，實際上卻還是抱持著不滿。

「不行，我不答應……」陽曇果然做出了拒絕，儘管顧慮到這裡是醫院而壓低音量，但音量壓低以後，隱藏在裡頭的憤怒反而更加清晰。

「這也是為了你們好，我們是必須要銷毀那些照片的，所以……」葛東正照搬著強盜理論，但說到一半就發現自己沒有繼續下去的必要了。

因為陽曇沒有在聽，她盯著大叔，眼珠子裡漸漸醞釀出淚水。

「把我趕出ＶＩＣＩ團這種事，我不答應！」

陽曇的話擲地有聲，縱使是突然變成局外人的葛東也能感受得到。

大叔微微一愣，不由得回想起當初陽曇加入的契機，嘆息道：「如果妳還在意那次的事情，陪我胡鬧這麼長時間，已經足夠……」

「不是的，一開始確實只是懷著報答的想法參與進來，但是努力了這麼久，我希望要不要退出這件事，是由我自己的意志來決定，而不是旁人的顧慮！」陽曇握緊了拳頭，她的聲音一直都壓得很低，卻也因此顯得沉重。

大叔沉默下來，陽曇的答覆並不在他預料之中，他以為陽曇會更加的情緒化，怎料卻得到有關自我意志之類的話語。

這下子大叔感到不好回答，作為一個到這把年紀還在征服世界的大叔，他的內心依舊充滿著夢想與浪漫，而陽曇的發言正好擊中了這個部分，大叔立刻就想推翻自己先前的決定。

不過大叔現在已經不是集團首領，儘管十分不願意，但也只好望向葛東，因為現在的他才是能做決定的那個人。

「這樣……」

「去把我們交代的任務完成吧，這是入團測試。」在葛東打算答應下來之際，艾莉恩強硬的切斷了他的話。

「任務……就是那個對陽晴的電腦做些什麼的任務嗎？」陽曇聞言露出了猶豫的神色，把視線投向了葛東等人。

竟然打算讓她對自己妹妹的東西出手，葛東他們果然非常過分！能有這樣的想法，還是多虧了他們先把要做的事情說明過了，要是現在才聽說要她去對付陽晴，恐怕連話都來不及說完陽曇就要爆炸了。

「只是電腦嗎？就是你們說的那些……照片？」

陽曇跟大叔一樣，對他們突來的入侵有種豁然開朗的感覺，也只有這種等級的原因才能解釋。

「不會對她本人做什麼的，妳看，一直以來我都沒有那麼做，已經足夠說明我的誠意了吧？」葛東打鐵趁熱，把他優柔寡斷拿不出決斷的行為，說成了有所不為的堅持。

這個扭曲後的情報對陽曇很有作用，雖然還說不上友善，但她的態度緩和了許多。

經過思考，陽曇答應了這個條件，一來是因為用一張照片換取葛東不會再算計她，在陽曇心中是一筆合適的交換，另外也是因為她十分的不甘心。

陽曇承認艾莉恩確實很強，強到ＶＩＣＩ團無法應對的程度，但是除此之外，她不認為葛東比大叔優秀……說得直接一點，陽曇覺得葛東窩囊得多，艾莉恩的精明能幹只要有眼睛都看得出來，而葛東則顯得平凡無奇，若非籠絡了艾莉恩，陽曇根本不認為他會是ＶＩＣＩ團的對手！

陽曇抱著看看他到底有幾分斤兩的想法加入，如果葛東有表面上看不出的才能，那麼陽曇就心甘情願的幫他征服世界；假如他只是個依靠艾莉恩作威作福的無用男子……

那邊陽曇打著心中的小算盤，這邊葛東卻是為了終於解決這次的危機而安下心來，這簡直像是從胃袋除去了鉛塊一般輕鬆！

「對了，陽晴呢，這兩天她都沒有聯絡？」

葛東卸下心頭的重擔之後，也就有餘力來關心一下這次的始作俑者。

「她去外婆家了，在外縣市，突然說要去就出發了，本來我不太明白是為什麼……」

陽曇望了他們一眼沒有繼續說下去，但意思已經相當清楚了。

陽晴為了上傳照片，不惜跑到外縣市去嘗試，儘管葛東不覺得網路的問題可以透過地點來解決，卻也悄悄欽佩她的行動力。

「這樣正好，趁她回來之前把事情都處理完，以免被她發現到我們動了手腳。」

葛東由衷的不願意去傷害陽晴。

葛東他們是中午左右來到醫院，等大叔的治療就等了五個小時，這時差不多已經到醫院要關門的時間了，然後葛東才突然發現到一件很尷尬的事情。

他們四個人都沒帶錢，也沒有手機……

畢竟是匆匆忙忙的從店裡跑出來，四個人都穿著ＶＩＣＩ咖啡的工作服，大叔是廚師服，另外三人則是服務生制服，葛東口袋裡還有用來點餐的筆，其他的東西卻是一件也沒有。

在這個時代不依靠手機通訊錄，他們能記得的只有自己家裡的電話，或者店裡的號

碼，想找人求救也無從找起。好在醫院是可以借用電話的，畢竟很多人急診送到這裡來，身上什麼也沒有。

結果幾個人都有著無法打電話給家裡的苦衷，最後是陽曇打到友諒家，請他去店裡拿大叔和葛東的錢包手機過來。

嗯，為什麼只有大叔和葛東的東西？

因為兩個女孩子的東西放在女子更衣室裡，特別是打電話的陽曇，錢包就放在脫下來的衣服裡頭，讓友諒去翻什麼的，絕不允許！

同理，艾莉恩也是如此，所以就只能讓友諒取來男子組的東西了。

「這麼說來，圖書館怎麼還沒到？我記得她說會自己過來的？」葛東突然想起某個被他們留在原地的人。

「我在這裡。」一提到某人，某人立刻就冒了出來，彷彿她一直在等待機會似的。

圖書館直接從葛東的身邊冒出頭來，明明就在這麼近的地方，剛剛怎麼會沒看到？

葛東沒有在意這點小事，倒是艾莉恩上上下下將她打量了好一番，能接近到這個範園還不被她所警覺，難道圖書館也是身懷什麼絕技嗎？

「我一直待在這個大廳，只是剛剛看你們好像在說很重要的事情，就沒有急著出聲打擾。」圖書館的無表情是很好的掩護，旁人很難從她的臉上察覺到什麼。

所有人到齊之後，他們又在醫院等了一會兒，葛東趁機向兩位新成員說明征服世界會的現狀。本來他們在地盤上應該又要輸給ＶＩＣＩ團一些東西的，可是在艾莉恩的強勢襲擊下，ＶＩＣＩ團徹底投降，那些東西自然也就無從再提，學校的地盤更是重回掌握之下了。

至於ＶＩＣＩ團所有的東西，咖啡廳算是大叔的個人資產，於情於理都不是可以動的東西；除去這個和地盤，倒是還有一、兩處像廢屋那樣可以利用的秘密地點，然後剩下來的就只有人了。

「你們的成員……我記得還有一個四天王吧，他是誰？」

葛東對園遊會一系列事件記憶猶新，那可是把他逼到了一個焦頭爛額的程度。

大叔遲疑了，ＶＩＣＩ團四天王的奶茶……她的身分相當尷尬，大叔自己做主的時

候還好，現在被葛東問起，要怎麼回答就成了一個難題。

「不用那麼擔心，那個奶茶……跟等會兒要來的友諒一樣，他們要不要加入征服世界會，完全依照他們個人的意願，我不會對此進行強迫。」葛東見到了對方的猶豫，便又提出了補充說法。

「不是那樣的問題，她的身分需要保密，我會單獨向你說明，到時候要不要公布出來就由你決定吧。」大叔無法確定新團體之間的信任度，只好交給葛東來判斷。

「……那就這樣吧。」

葛東雖然很想大器的表示這裡都是自己人，不過他能察覺大叔有難言之隱。然後氣氛就冷了下來。

這也是沒辦法的，雖然作為對手與同事，雙方的交集可以說是在各方面都不少，但卻一直沒有坐下來好好交談的機會，就變成對ＶＩＣＩ團的能力很清楚，卻不怎麼了解相處方式的情況。

若說只有陽曇，那倒還能試著去打破僵局，可是大叔不但年齡差距比較大，而且還是葛東打工時的老闆，葛東是學生，並且也不是大家族裡的孩子，生活周遭沒有這麼複雜的人際關係，這樣的落差使得葛東不知道該怎麼與他相處。

這樣尷尬的空氣持續了很久，直到友諒到來才好一些。

友諒送來了手機和皮包，大叔把他們的急診掛號費都先交了，他本人因為比較嚴重，所以得住院觀察，陽曇倒是可以回家了。

「醫院應該有通知妳家裡吧，沒有人在家嗎？」葛東看到趕來的友諒，才突然想起來陽曇這邊似乎異常的冷落。

「他們家……」友諒聞言想要插話，卻被陽曇拍了肩膀阻止下來。

陽曇冷著臉自行回答道：「我家的人都比較忙，特別是這段時間，家裡已經連續好幾天都沒有人在了。」

葛東只是隨口問一下，結果得知了別人家庭內部的狀況，一時之間因為友諒到來而稍微活躍起來的氣氛，又重新回到了冰點。

友諒見情況不對，忙問起道：「你們怎麼都到醫院來了，又發生了什麼嗎？」

「這個……我們失敗了，現在已經向征服世界會投降，我和陽曇都是征服世界會的新成員，你可以自由選擇要不要加入。」

大叔很有願賭服輸的態度，儘管還有些不配合的情緒，但是卻沒有在其他方面多做糾纏。

「什麼……」友諒瞪大了眼睛，不明白為什麼突然發生了這麼大的變故。

然後他望向了陽曇。這個強硬把他拉入ＶＩＣＩ團的傢伙，對於友諒的視線一點反應也沒有，彷彿無論他怎麼選擇都無所謂的模樣。

確實是無所謂，陽曇當初拉人的理由是ＶＩＣＩ團只有她跟大叔，才去找了可以信賴的友諒來湊人頭。當ＶＩＣＩ團消滅之後，就沒有必要繼續拉著友諒一起，兩人只要當朋友就足夠了。

而且，艾莉恩如此危險，如果友諒不要摻和進來是最好的……

可惜的是，友諒沒有理解到她的心情，他只是單純的覺得，既然陽曇和葛東混到同一個組織去了，那麼自己加入是理所當然的事情。

「你給我一個戰鬥員以外的身分吧，那樣的話我就加入。」友諒半帶著開玩笑的語氣說道。

「那就任命你為戰鬥員主任吧，如果以後招募了新的戰鬥員就全部歸你管。」葛東順口把他提升成主管級，雖然現在沒有其他的戰鬥員給友諒管。

經過友諒這麼一打岔，葛東才想起來他還沒給另外兩位原ＶＩＣＩ團成員安排職務，儘管他們看起來好像也不是很在意的樣子，但葛東卻不能把他們忽視到那種程度。

察覺之後，葛東便轉向他們說道：「我這邊正好打算重新確立一下規則，到時候順便把組織層級整理一下，也好分配給你們職務。」

大叔無可無不可的點了點頭，他才被擊敗沒多久，想要他重新點燃熱情不是那麼快的事。

至於陽雲……儘管她強撐著不甘的心情加入了征服世界會，但她依然偏向過去的ＶＩＣＩ團多一點，對於葛東提出征服世界會的職務並沒有那麼關心。

葛東環視了一圈，最後把視線落在圖書館身上。

關於組織分級的工作，向她尋求幫助應該是最恰當的了吧？

「不過我們首先要做的是把艾莉恩的照片處理掉……」

由於前ＶＩＣＩ團成員的冷漠以對，葛東只好把話題轉到當前最重要的事情上。

只要把這個麻煩處理好，後面的事情見招拆招來應付就可以了，區區征服世界……征服世界什麼的，既是草料，也是韁繩，提供艾莉恩動力之餘，也是束縛她的重要條件。像今天這樣不聽命令去襲擊ＶＩＣＩ團的事情，葛東不希望再次發生。

可是，只要艾莉恩繼續抱有征服世界的野心，必然會與某些組織起衝突，或許是ＶＩＣＩ團這樣的奇怪集團，或許是地方幫派，又或許是政府機關，葛東感覺那一天的到來是可以預期的。

那麼葛東所要做的，就是把韁繩握得更緊一點，將衝突的時程延後，或者能夠以和平的方式化解掉，就算能打倒ＶＩＣＩ團之類的奇怪集團，或者見不得光的地下勢力，但勢力持續擴大的結果只會讓艾莉恩的野心也更加膨脹，那樣只會陷入解決不了的循環，除非葛東真的能就這麼一路征服世界下去……

葛東知道自己必須拿出辦法來了，不能再這麼得過且過的敷衍下去。

幸好現在醒悟並不晚，處理掉照片的同時順帶解決了ＶＩＣＩ團，這下子他們眼前的敵人只剩下Ｊ部。只要拿出今天對付ＶＩＣＩ團的決心，對留在學校的紅鈴進行突擊，葛東想不出無法拿下的理由……

總之，被拍到照片的事件可以說是已經結束了，但剩下來的東西卻有很多，這一切都需要葛東來思考。

也許這需要不少時間，不過對於葛東而言，一切都在好轉，所以他還有很多時間可以去慢慢思考，只要慢慢去思考就可以了。

時間站在葛東的這一方，實在是最幸運的一件事了。

終章
我的妹妹不可能那麼邪惡

雖然看起來好像所有事情都得到了解決，但實際上要忙的事情還有很多，首先是葛東複製下來的相片備份，以及將J部所設計的相片刪除病毒一起裝進陽晴的電腦。

無聲無息的，陽曇裝回去的幾千張照片陡然消失了一小部分，那是所有拍到FR—03的照片。

「這樣就可以了吧？」

陽曇操作著電腦，因為是很簡單的動作，所以一下子就完成了。

「點開幾個資料夾看看？」

葛東在陽曇身後做出指示，非常仔細的盯著電腦螢幕中的任何一條訊息。

這是離開醫院後的第二天，大叔還在醫院裡接受觀察，葛東不用上班，希望能趁著空閒，以及陽晴還沒回來的機會把照片搞定。原本他打算自己動手，可是陽曇卻拒絕了這樣的計畫。

由於跟陽曇沒有互信基礎，於是葛東單獨來到陽曇的家，面對面溝通比較簡單，同時也算是對陽曇的監視，看她有沒有按照要求去做。

對於被監視的對象陽曇而言，這樣的感覺自然是十分不快，因此她從應門開始就沒有給葛東好臉色看。

眼看著電腦中的模樣已經跟自己當初見到時相差無幾，至少跟先前偷偷潛進來操作時的記憶是差不多了，於是葛東問道：「陽晴什麼時候回來？」

「不知道，她沒有留下明確的時間……而且我想外婆會很開心，她留在那邊多久都有可能，最晚可能到開學……」

陽曇的話都還沒說完，就聽到外頭傳來大門開啟的聲音。

「姐姐在家嗎？」

與大門開啟聲一起傳過來的，還有陽晴明亮的詢問。

因為陽曇剛剛正在回答葛東的問題，所以她是回頭望著葛東的，只見陽曇臉上飛快的一紅，顯然是才說完就被推翻的緣故。

「趕緊把電腦關了！」葛東見她在為別的事情發愣，不由得趕緊提醒道。

「喔、喔！」

陽曇忙回過頭，現在電腦系統反應都很快，幾下操作立刻就完成了關機。不過已經沒有時間離開陽晴的房間了，葛東不想再次躲進床底下，同時也沒有這樣的必要。

「等會兒妳只要附和我就好，回答的工作盡量交給我。」葛東匆匆交代了一句，也不管陽曇那慌亂的神色，一派輕鬆的對外回答道：「是陽晴嗎？妳回來得正好，快點過來吧！」

「是葛東哥，為什麼會過來？」陽晴一下子就認出他的聲音，又驚又喜的朝自己房間飛奔而去。

當她來到自己的房間，才發現不止葛東在裡面，就連自己的姐姐也在，而且神情異樣的慌張……

「妳回來得正是時候，因為突然就沒有消息，我很擔心呢，所以就過來了。」

葛東在睜著眼睛說瞎話，因為他手機裡就存著陽晴的號碼，只要願意隨時都可以電話聯絡的。

但是陽晴沒有懷疑，反倒不好意思起來，摸著腦袋說道：「因為我也是突然想到就出發了，不只是葛東哥這邊，很多東西都丟著不管了呢……」

「既然沒事就太好了，我很擔心妳是不是遇到什麼意外了呢。」葛東似有若無的暗示著，陽晴也心神領會的點了點頭。

陽曇在一邊已經快要氣炸了，她眼睜睜看著葛東欺騙陽晴，偏偏她又處於一個無法提醒的狀態，這種內外煎熬的感覺實在太不好了，如果不是ＶＩＣＩ團已經投降，她肯定要一拳打爆葛東！

那雄雄的氣勢彷彿在燃燒著，即使葛東背對著她，也能感受到那股火熱的敵意，更不用說直接看著她表情的陽晴了。

「姐姐妳又……」陽晴以為自家姐姐又要發怒，正打算出面掩護一下葛東，卻被他搶先了一步。

「啊，畢竟我突然跑來，說要看看妳的電腦，任何一個做姐姐的都不會答應吧，在這點上是我太過莽撞了。」葛東笑呵呵的說著，回過頭來對陽曇打個了眼神。

「是、是啊！哪有人會提出這麼沒常識的要求！」陽曇先是一愣，隨即想起他的吩咐，立刻就順著葛東的說法對應起來。

不過，葛東似乎感覺其中夾雜的怒氣異常真實……這也是理所當然的事吧，畢竟昨天才折服了ＶＩＣＩ團，他也沒有妄想陽曇能接受得那麼快。

「那，既然我回來了，就來看看吧！」陽晴不疑有他，興致昂然的要去啟動電腦。

「啊，現在沒有關係了，我是擔心妳才來的，並不是想要確認什麼，沒事的話，我就先回去了。」葛東帶著笑容阻止陽晴，同時也給了她一個眼神。

陽晴也是一愣，不由自主的往陽曇那邊掃去一眼，她馬上會意過來，因為有姐姐在場，所以很多事情不方便明說。

這是一個很簡單的手段，她們兩姐妹都有不想讓對方知道的事情，而葛東作為知曉雙方秘密之人，很輕易就能在其中左右逢源。

分別對她們說了有事情電話聯絡的話之後，葛東走出她們家，然後拿出了手機打給

紅鈴。

「久違了啊～」葛東刻意拉著輕浮的語調，如果不是手機上有來電顯示，就算立刻被掛電話也不奇怪。

「別開這種玩笑了，我沒心情……唔……」手機的另一端，紅鈴異常沙啞的聲音傳了過來。

「唔哇……妳還好嗎？」葛東被那樣沙啞的聲音嚇了一跳，趕緊收斂起態度，他可還有要依靠紅鈴才能完成的事情。

「你連續熬個好幾天夜也差不多是這樣……」紅鈴那邊一陣咕嘟咕嘟聲後，傳來的聲音就圓潤了幾分，問道：「每次你打電話來都沒有好事，這次又是為了什麼？」

「這次可以說是好消息呢，妳聽了一定會開心的。」葛東把自己這邊已經將程式放入陽晴電腦的經過說了一遍。

「那只是對你才能那麼說吧，跟我們好像沒什麼關係啊？」紅鈴的回應冷冰冰的，與葛東喜氣洋洋的氣氛格格不入。

葛東當然不會就此退縮，用著他迅速熟練起來的惡人語調道：「這當然是好事，這樣我就不會繼續用這個理由來逼迫妳了，可以在沒有壓力的情況下完成工作，難道不是一個好消息嗎？」

「你……」紅鈴敏銳的感覺到葛東好像有哪裡不一樣了，但連續熬夜而睡眠不足的大腦，沒有多餘的能量來仔細分析這一切，乾脆直接問道：「你就是特地打電話來諷刺我的？」

「不完全是，也想問問看妳們的進度如何了，還有直接放進陽晴電腦的那個程式，我想知道那個的效果到達什麼程度。」葛東現在最關心的就是這個問題了。

「只要放進去，就不必再擔心她那邊會有照片流出了，把裝置接上電腦之後，電腦不是都會快速把裝置所裝載的檔案快速掃描一遍嗎？我讓你放進去的那個程式也會在同時一起動作，在用電腦的人看到之前，照片就已經全部處理掉了。」紅鈴用簡單的方式說明了程式的運作模式，就這點而言算是相當貼心的行動。

即使是對電腦一知半解的葛東，也明白了那個程式的厲害之處，但是不小心養成跟

紅鈴鬥嘴的習慣，讓他脫口道：「那也不能保證就不會再有威脅了，除非能確定所有的隨身碟……唔……」

葛東的反駁說到一半就中斷了，他沒有辦法繼續下去，因為葛東已經想到紅鈴為什麼那麼有自信的理由。

首先就來假設吧，你有一個非常重要的檔案，用了三個隨身碟來備份，當你將其中一個隨身碟接上電腦，察看檔案時發現資料消失，那麼你會採取怎樣的行動呢？

當然是立刻拿出另外兩個隨身碟試圖找回檔案吧，只是這麼一來又會像先前一樣，在使用者看到之前，資料就已經遭到了刪除，於是便又慌亂的確認下一個備份……

直到最後，所有的備份統統沒有了，而留在陽晴電腦中的那個程式也完成了任務。

「想通了嗎？總之跟你們有關的事情到這邊就解決了吧，我這邊可是忙得要死，雖然派出去的時候就有心理準備，但也被拍到太多照片了，有照相功能的手機真是秘密行動的大敵！」紅鈴接連熬夜，脾氣也不由得變得暴躁起來。

「哦，妳們還有辦法確認刪除掉多少照片？」葛東小小的意外了一下，他還以為那就是擴散出去之後就沒有消息的東西。

「當然可以，只不過是加一個計數器的功能……到目前為止的數據很誇張呢，已經攔截到六位數的相關照片，雖然會有一部分誤判，但也太多人拍下照片了吧！」紅鈴說著忍不住就抱怨起來，語速漸漸加快道：「那些網路公司也相當難纏，好不容易發現的漏洞也封堵得挺快，明明什麼都還沒有來得及做的時候，就有一小部分資料被擷取了，好在有……」

葛東耳朵在聽紅鈴抱怨，心思卻飛到別的地方去了。

從J部這邊得到的答案，等同於敲響事件落幕的鐘聲，所有的外因都已經消除，剩下的只有最後一點餘波……

那是由大叔那裡得到的情報，葛東初聞時根本無法相信，可是大叔一臉你愛信不信的表情，而且這是葛東回家後一問就知道真相的東西，大叔沒必要撒這種謊。

而葛東冷靜下來思考之後，雖然不願意承認，但很多事情只有這樣才說得通。

※　※◆※　※

昨天回到家後，葛東一直有點恍惚，自覺情緒不正常的他，沒有貿然去問葛茜關於VICI團的事情，而是把這件事放到了今天。

睡過一覺，又處理了一些雜事，葛東覺得自己足夠冷靜了，這才回到家裡。

葛茜在她的房間裡，趴在自己床上，腦袋邊那個標誌性的團子鬆鬆的紮著，正拿著手機點點畫畫，不知道在跟誰通訊，葛東輕輕敲了敲她的房門。

葛茜聽到聲響轉頭瞥了一眼，發現是葛東後又回過頭去，繼續滑她的手機，然後問道：「做什麼？」

「有點想問的事情，關於……VICI團的。」葛東已經做好了心理準備，說話的語調中沒有一絲顫抖。

「什麼團？」葛茜滑手機的動作頓了一下。

「VICI團，我想妳應該知道的。」葛東走了進去，將椅子拉到床邊坐下，正面對著妹妹，擺出一副今天必須要說清楚的表情。

「那個啊，也沒什麼大不了的啦，上學期園遊會之前，有天我不是比較晚回家嗎？那天我忘記帶鑰匙了，本來想去你打工的地方找你，但是到那邊店已經關了，可是門還開著，我想說你可能還在裡面就走進去，結果……」

葛茜根本沒從床上起身，就這麼懶洋洋的趴著，把加入ＶＩＣＩ團的前後經過講述一遍。

甚至，葛茜把園遊會時期的前因後果，以及她在其中扮演了什麼角色都說明得一清二楚，也沒有改變姿勢，全程語調都沒什麼變化，就像是在聊昨天做了些什麼似的那般輕鬆。

在這樣的襯托下，昨天做了一整天的心理準備，最後鼓起勇氣彷彿要踏上戰場的葛東簡直像是笨蛋一樣！

「妳……妳為什麼可以這麼輕鬆啊？」葛東面對妹妹這樣的態度，失去了所有的氣勢，肩膀不由自主的垮了下來。

「你在說什麼啊？」葛茜終於把視線從手機上移開，仰起上半身把視線投向葛東，不解的問道：「難道這件事很嚴肅嗎？」

「不、也不是啦……怎麼說呢，這可是征服世界啊！」葛東被她一反問頓時詞窮。

「那是不可能的事情吧，ＶＩＣＩ團的那個大叔不就是很好的前例嗎？比起老老實實賺錢，想辦法創一個邪教來吸收腦子奇怪的傢伙，或是走恐怖主義的話，說不定還比較容易成功呢。」

葛茜隨口提出一個隱約有些道理的路線，葛東稍微細想一下就忍不住渾身發寒，但是葛茜自己卻沒有太過在意。

但，又是使用小手段、又是提出恐怖路線的，為什麼這傢伙的思想都這麼負面？

「既然妳不覺得可以成功，那為什麼又要加入ＶＩＣＩ團呢？」

葛東在葛茜的注視之下顯得有些狼狽，特別是在她表現出不相信征服世界的可能性時，就顯得更加的狼狽了。

「只是惡作劇啦，他們說要對付你，剛好那天我心情不好就答應了，後來也就沒有再幫他們出主意了。」

葛茜抓了抓頭髮，那個鬆散的團子就這麼散落開來。

「好吧，那就沒事了……」葛東原本想問的東西都沒有必要再說出口，覺得就這麼結束太過虎頭蛇尾，便補充道：「妳不會再去跟他們混在一起了吧？」

「不會了啦，他們都笨死了，總是要我來想辦法，只有義務沒有權利，才不想繼續混呢！」

葛茜應付葛東幾句後又重新開始滑手機，看她這個樣子，談話已經無法繼續進行下去了。

——怎麼會是這樣的結果呢？

葛東灰頭土臉的離開妹妹房間，這下子不安的內因也消失了一半，剩下就只有與圖書館一起把征服世界會的會規完善了。

而這並不是急得來的事，葛東還要應付陽晴，還要看著艾莉恩，還要處理吸收ＶＩＣＩ團之後的種種……

看來這個寒假會非常忙，本來以為寒假期間可以稍微放鬆一點，現在看起來這只是個奢望而已。

難道忙碌已經成為葛東的命運了嗎？

《什麼！我是征服世界的好苗子？04》完

敬請期待《什麼！我是征服世界的好苗子？05》精采完結篇！

後記

呼，這次的故事結束了，是個欺騙與辜負，以及一些小小暴走的故事呢～

無論能不能接受葛東這樣的選擇，我在這邊都不想做過多的辯解，故事寫成之後，怎麼解讀跟判斷就不是我能控制的了。

騙人的也好、被騙的也好、擅自期待的也好、背負期待的也好，都有他們各自的理由與苦衷，畢竟選擇已經做出了，那麼後果就只能自行承受，這就是所謂的個人造業個人擔。

那麼，已經說了兩次要找些輕鬆有趣的日常來寫的我，終於有值得寫下來的事件了！

事件的起因是去看牙醫，當我躺在那個牙醫診療椅上的時候，被醫師當成了五歲歲來對待。

五歲歲，絕對不是多輸入了一個字的關係，那就是我內心的真實寫照。

「接下來要打止痛針，會有點痛痛，要忍耐喔～」

「等會兒鑽的時候會有點痠痠的，要忍耐一下下喔～」

「這樣挖會痛痛嗎？會痠痠嗎？」

明明已經是成年男性，而且體型相當龐大的我，被用了對待五歲歲的態度來應付。

真是令人懷念（笑）。

矛盾　二〇一六年四月

萊茵@千人
NOVEL
歐歐MIN
ILLUST
戰鬥吧
校園戰爭本部
War Club
給我
等一下！
我只是一個
普通的
男高中生啊啊啊…！
Σ(ﾟДﾟ；
輕小說史上最不可思議的男主角——
極惡變態鬼畜捆綁PLAY
蘿莉控淫棍破壞魔王，參上!!
J小子人設繪師歐歐MIN這次帶來的不是偽娘，而是超萌蘿莉(性別♀)!!!?
典藏閣
華文聯合出版平台
www.book4u.com.tw
采舍國際
www.silkbook.com
不思議工作室_
立即搜尋
版權所有© Copyright 2016

Bogle Hunter
異靈獵人
作者 月雨 X 繪者 Ginger
幻武小說名家月雨輕小說新作
異靈獵人，抵擋異靈的所有威脅，您居家外出的終極保鏢！
吶有需要請喀電話：控八控控-控控控……
不論是仙術天才的純情少年、一劍在手天下無敵的高中美少女、
或是妖嬈豔麗的御姐，咱公會攏有！

陳詞懶調×PieroRabu
回到過去
BACK TO THE PAST
TO BECOME A CAT NO.4
變成貓
伸腿、打滾、曬太陽~梳毛、甩尾、伸懶腰~
什麼!這些都不是運動?
那什麼才是?鑽被窩嗎?
十項全能的黑碳,這回帶傷(鬍子燒焦?)上陣。
如此認真的男人喵星人,快來按個讚!!!
首刷附贈精美明信片、以及萌翻天小動物擬人圖!
典藏閣
華文聯合出版平台
www.book4u.com.tw
采舍國際
www.silkbook.com
不思議工作室
立即搜尋
版權所有© Copyright 2016

羊角系列 020

什麼！我是征服世界的好苗子？04

出版者■典藏閣
作　　者■矛盾　　繪　　者■薩那 SANA.C
總編輯　■歐綾纖
製作團隊■不思議工作室
郵撥帳號■50017206 采舍國際有限公司（郵撥購買，請另付一成郵資）
台灣出版中心■新北市中和區中山路 2 段 366 巷 10 號 10 樓
電　　話■(02) 2248-7896　　傳　　真■(02) 2248-7758
物流中心■新北市中和區中山路 2 段 366 巷 10 號 3 樓
電　　話■(02) 8245-8786　　傳　　真■(02) 8245-8718
ＩＳＢＮ■978-986-271-665-6
出版日期■2016 年 5 月
全球華文國際市場總代理／采舍國際
地　　址■新北市中和區中山路 2 段 366 巷 10 號 3 樓
電　　話■(02) 8245-8786　　傳　　真■(02) 8245-8718
新絲路網路書店
地　　址■新北市中和區中山路 2 段 366 巷 10 號 10 樓
網　　址■www.silkbook.com
電　　話■(02) 8245-9896
傳　　真■(02) 8245-8819

線上總代理：全球華文聯合出版平台
主題討論區：http://www.silkbook.com/bookclub　◎新絲路讀書會
紙本書平台：http://www.silkbook.com　◎新絲路網路書店
瀏覽電子書：http://www.book4u.com.tw　◎華文電子書中心
電子書下載：http://www.book4u.com.tw　◎電子書中心（Acrobat Reader）

☞**您在什麼地方購買本書？**☜

1.便利商店（______市／縣）：□7-11　□全家　□萊爾富　□其他______

2.網路書店：□新絲路　□博客來　□金石堂　□其他______

3.書店（______市／縣）：□金石堂　□蛙蛙書店　□安利美特animate　□其他____

姓名：______地址：______

聯絡電話：______　電子郵箱：______

您的性別：□男　□女　　您的生日：西元______年______月______日

（請務必填妥基本資料，以利贈品寄送）

您的職業：□上班族　□學生　□服務業　□軍警公教　□資訊業　□娛樂相關產業

□自由業　□其他______

您的學歷：□高中（含高中以下）　□專科、大學　□研究所以上

☞**購買前**☜

您從何處得知本書：□逛書店　□網路廣告（網站：______）　□親友介紹

（可複選）　□出版書訊　□銷售人員推薦　□其他______

本書吸引您的原因：□書名很好　□封面精美　□書腰文字　□封底文字　□欣賞作家

（可複選）　□喜歡畫家　□價格合理　□題材有趣　□廣告印象深刻

□其他______

☞**購買後**☜

您滿意的部份：□書名　□封面　□故事內容　□版面編排　□價格　□贈品

（可複選）　□其他

不滿意的部份：□書名　□封面　□故事內容　□版面編排　□價格　□贈品

（可複選）　□其他

您對本書以及典藏閣的建議______

______

______

✌未來您是否願意收到相關書訊？□是　□否

✌**感謝您寶貴的意見**✌

印刷品

$3.5

請貼
3.5元
郵票

235 新北市中和區中山路二段366巷10號10樓

華文網出版集團 收

（典藏閣－不思議工作室）